# トカゲなわたし

登場人物紹介
ラト
トカゲの世界で発見された
人間の少年。ノエリアが
保護したのだけれど、
妙に体の成長が速くて――？
ノエリア
肺炎をこじらせて
命を落とした元女子大生。
トカゲ族しかいない異世界に、
トカゲ人間として転生してしまう。
どうやら「絶世の美少女」らしく、
多くの雄から求婚され
困っている。

リオサ
セントール王城で
働く侍女。
カエサの双子の妹。
カエサ
セントール王城で
働く侍女。
リオサの双子の姉。
ユーリ
人間の世界、セントール王国の
国王陛下。非常に高い魔力を持ち、
民のことを第一に考えている。
ヤニス
ノエリアと同じ屋敷に
勤める庭師の青年。
ダグ
セントール王国の
近衛騎士団長。
飄々《ひょうひょう》としていて、
食えない性格。

# 第1章　トカゲなわたし

突然ですが、私――ノエリアには前世の記憶があります。

享年二十歳、普通の女子大生でした。死因は、肺炎をこじらせてしまったことかと。

さて、前世はともかく、私は女子大生としての生を終えて、地球とは違う世界――いわゆる異世界に転生したのです。

前世の記憶を持っているなんて、得をすることが多いんじゃないかと思われる方がいるかもしれません。

年に見合わぬ聡明さや、前世の経験を生かした人心掌握術《じんしんしょうあくじゅつ》、果ては魔法を使えて超魔術師に――いえ最後は、前世の記憶に関係ありませんでした。願望です。

しかし、いくら転生したからといって、都合のいいことがそうそう起こるはずはありません。ええ、わかっていました。

……でも、前世の記憶が今世の私に、ここまでデメリットを与えるとなると、さすがに泣けてきます。

記憶さえなければ、平穏無事に暮らせたのに。

どういうことかって？　今の私は、トカゲ人間なのですよ‼

トカゲ人間……周囲のみなさんは自身をトカゲ族と呼んでおりますが、いやいや、ちょっと待っていただきたい。

前世の記憶によると、普通のトカゲは二足歩行などしません。また、身長だって二メートルもありませんし、服も着ていません。さらに、トカゲは喋《しゃべ》らないはずです。

「おはよう、ノエリア。今日は早いのね」

勤め先の廊下を歩いていると、二メートルを超える巨大トカゲに話しかけられました。元女子大生としては卒倒しそうなところですが、トカゲの顔にも慣れてしまった私は微笑《ほほえ》みます。

「おはようございます。朝食前に、少し用事がありまして」

「あら、そうなの？　じゃあ、また後でね」

「はい。では失礼いたします」

私と同じお屋敷に勤めているその先輩は、軽く会釈《えしゃく》をして去っていきました。先輩がしっぽを揺らしながら向かう先は、厨房《ちゅうぼう》でしょう。この時間には、使用人の朝食が用意されています。

……そう、厨房《ちゅうぼう》。私のデスゾーンです。

さて、トカゲが何を食べるかはご存じでしょうか。

はい、ご想像の通りです。あえて言いませんが、お察しいただけるかと思います。動物性のいろいろなものが主食となるのです。

物心ついた頃、自分がトカゲ人間に生まれ変わってしまったことを理解した私は、出された食事を見て泣き叫びました。断固として口を開けませんでした。

トカゲ族は人間と同じように家族単位で生活するらしく、私は小さい頃から両親トカゲと一緒に暮らしています。食事をしようとしない私を心配した両親トカゲは、いろいろな食べ物を探してきてくれました。ただ、そのほとんどは、元・二十歳女子大生にとって拷問《ごうもん》のような食事で、今なお食べられません。断固としてお断りです。

幸いなことに、両親が探してきてくれた食べ物の中には、私が食べられるものもありました。ほうれん草や人参《にんじん》のような野菜に加え、鶏《にわとり》に似たリトという動物の肉です。味も鶏《にわとり》に近く、あっさりしています。以上のヘルシー食材が、私の食べられるもののほぼすべてなのです。

こうしてトカゲとして偏食《へんしょく》を続けてきた私は、育ちが良くないようで、通常のトカゲ人間よりも一回り小さい体格になりました。しかし、驚くべきことに――

私は絶世の美少女なんだそうです！

もちろん、トカゲ族の中で、です。

指摘されるまで、ぜんっぜんわかりませんでした。

たとえば、家で金魚を二匹飼っていたとします。すると、だんだんその二匹の見分けくらいはつくようになるかもしれません。けれど、「金魚Aは鼻筋が通っていて美しい」とか「金魚Bのしっぽのゆらめき方は愛らしい」などと褒《ほ》められるでしょうか。

答えは否《いな》です。魚類も爬虫類《はちゅうるい》も、私にとっては「美しい」や「愛らしい」という言葉で表せる生き物ではないのです。

そんなわけで、「方向性の定まっている頭の棘《とげ》が美しい」とか「鮮烈な緑色の鱗《うろこ》が素晴らしい」とか「がっしりした頭部にぽってりした胴部が最高のバランスを保っている」とか熱心に口説《くど》かれても、「はぁ、そうですか」と言うことしかできません。

トカゲ族の美醜《びしゅう》についてはいまだわかりませんが、幸いなことに見分けはつくようになりました。父と母を間違えることもなくなり、トカゲの学校である学舎に通いはじめた頃には、周りの顔を覚えられるようになったのです。

そんなトカゲな私は、十六歳で学舎を卒業してから、ある老齢の貴族のお屋敷に勤めています。彼らは私を孫のように可愛がってくれていました。そして先日、十八歳の誕生日を迎えたのですが、両親のもとにはお見合いの話が続々と届いているらしく、頭を抱えているのです。

お見合いに限らず、直接告白してくる殿方もたくさんいました。「ごめんなさい、トカゲは無理」とはさすがに言えませんので「顔が好みじゃありません」というクリティカルヒットな攻撃でどうにかしのいでいます。

絶世の美少女《トカゲ》に言われては諦めるしかない――とがっくり肩を落として帰る殿方に申し訳ない気持ちもありますが、トカゲに嫁《とつ》ぐのは無理です。いやいや、ホント無理です。勘弁《かんべん》してください。

私にとっては、いらぬオプションであるこの美貌。

どうしたものかとため息をつきながら、私は屋敷の勝手口から庭に足を踏み出しました。

先ほど同僚にも伝えた通り、今日は朝食の前に用事があります。

いつも彼はこのあたりにいるのですが、ちょっと早かったかもしれません。左右を見回しても誰もいないので、大きな木の傍《かたわ》らで待つことにしました。

「はぁ」と再度こぼれた、ため息。

どうして私は前世の記憶を持って生まれてしまったのでしょうか。むしろ記憶などないほうがトカゲ人間として平穏無事に暮らせたでしょうに。

「ちょ、おい、ノエリア！　落ち着け！」

思わず木に頭を打ちつけていた私の肩に、大きな腕が回されます。羽交《はが》い締《じ》めのようにして私を止めてくれたのは、同僚のヤニスさんでした。この屋敷で庭師をしているトカゲです。

こんなにガンガン頭を打ちつけたというのに、痛みさえありません。むしろ木がえぐれています。

憎い、この頑丈《がんじょう》な鱗《うろこ》が憎い。

「どうしたんだ、ノエリア。また誰かに告白でもされたのか？」

呆《あき》れ顔のヤニスさんは、トカゲ族の中で唯一私に告白しなかった男性です。

今まで私は出会った男性トカゲみんなに告白をされてきたのですが、彼だけは違いました。彼は私に対して同僚という態度を崩すことなく、いつもあっさりとしていたのです。

きっと彼もいずれ告白してくるに違いない、と疑心暗鬼《ぎしんあんき》だった私に、ヤニスさんは距離を保ったまま親しくしてくれました。

友情と思っていた関係が告白で崩れるのを何度も経験した身としては、いっそ早くとどめをさしてもらいたい。「ヤニスさんは私に告白する予定はありますか？」と真顔で尋ねたところ――

ヤニスさんは、「はぁ？」と眉をひそめました。本当に、私をただの同僚として見てくれていたようです。

その後、恥ずかしさと申し訳なさで、五体投地《ごたいとうち》で謝罪した私を、呆《あき》れ顔で受け入れてくれたヤニスさん。こうして彼は、私の唯一の男友達となりました。出会いから二年経った今でも、唯一の大切な友達です。

私は彼に向き直り、朝の挨拶《あいさつ》をしました。

「ヤニスさん、おはようございます」

「おはよう」

ヤニスさんはえぐられた木に目を向けて、ぺしりと私の頭を叩きます。

「木が可哀想だろう」

「申し訳ありません……！　すべては私がトカゲなばかりに！」

土下座の姿勢を取ろうとした私の頭を再度ぺしりと叩き、ヤニスさんは心底呆《あき》れた声で言います。

「トカゲにトカゲであることを謝られても。んで、土下座はせんでいい。何をそんなに動揺しているんだ？」

私は、一度深呼吸してヤニスさんを見つめました。

「……王宮から、遣《つか》いの方がいらっしゃいました。私を王子様のお嫁さん候補にしたいと！」

「……っ」

叫ぶようにそう伝えると、ヤニスさんは息を呑みました。

ああ、とうとう、ついに――

絶世の美少女と評判で、ありとあらゆる男性からの告白を袖《そで》にしていた私は、王子様の嫁候補として目をつけられてしまったのです。

ええ、トカゲの王子様の嫁候補ですよ。

この国の王子様は、二十歳を過ぎとっくに成体となったにもかかわらず、ろくに女性に興味を示さないらしいのです。冷血宰相とも呼ばれる切れ者の宰相が心配し、他国のトカゲの王女や貴族の娘をたくさん集めたものの、誰にも目を向けなかったとか。

このままではまずいと考えたのでしょう。宰相は藁《わら》をも掴む思いで、絶世の美少女と評判である未婚の庶民の娘――すなわち私に白羽《しらは》の矢を立てたようです。

現代日本なら考えられないでしょうが、この世界には身分による社会階層があるのです。庶民は王侯貴族に逆《さか》らえません。当然ながら、私の意志などガン無視されます。訴えたい。

王子の嫁候補となるべく王宮へ来るように、というお達しは、私の両親と雇い主にも伝えられました。今まで貴族からの求婚は、私を孫のように可愛がってくれているこのお屋敷のご主人の力でどうにか穏便にお断りできていましたが、王宮からのお達しはさすがに無理です。もし断ろうものなら、お屋敷のご主人や私はもちろん親類縁者まで、不敬罪に問われて投獄されるかもしれません。

私には選択肢がないに等しいのです。

眉間に皺《しわ》を寄せて私の話を聞いていたヤニスさんも、どうにもならないことを悟ったのか、ため息をつきました。

「……我《わ》が国の王子は、顔立ちがかなり整っていて、素敵で、優しくて、誰もが惚れてしまうようなお方だそうだ」

そんな風にフォローしてくれましたが、慰《なぐさ》めになるわけもなく――

顔立ちが整っているなんて……どうせ棘《とげ》の向きが素晴らしいとか、鱗《うろこ》の発色が美しいとか、そんなことでしょうに！　私にその良さがわかるはずないじゃないですか！

「もう死ぬしかありません……！　王宮で暮らすなんて……終わりました」

私がここまで絶望しているのには、理由があります。トカゲの王子様に嫁《とつ》ぎたくないのはもちろんですが、さらに悩ましいことがあるのです。

食事です。

食べられるものが限られているため、普段私は自分で料理を作っています。しかし王宮に召し上げられては、自炊ができないでしょう。

アレとか、アレとか、アレとかが……豪勢な食事として出てくるのです！　終わった！　もうすべてが終わった！

私がこの頑強な腹を切り裂ける刃物の購入先を真剣に考えていると、ヤニスさんがぶっきらぼうに言いました。

「そんなに心配なら、俺と結婚するか？　既婚となれば、先方も考えを改めるかもしれんし」

私は、ヤニスさんの顔をじっと見つめます。

庭師の格好をした巨大なトカゲは、心配そうな顔をしていました。

親友である彼が言うのは、偽装結婚でしょうか。それとも――

「今の言葉は、友として言ってくれたのですか？　……それとも、男としてでしょうか？」

そこだけは尋ねないわけにいきません。

彼は、しばらく悩んだ後に答えました。

「友として言っているつもりだが……正直、その、雄《おす》にならないとも、限らない」

唯一の男友達の言葉に、私はがっくりとうなだれました。

もう駄目だ、終わった。友情が終わった！

私が絶望していると、ヤニスさんが苦しげに言いました。

「勘違いするな。別にお前のことを女として見ているわけじゃない。が、ずっと傍《そば》にいて寝食をともにするようになった場合……発情期が怖い」

ああ……

そうなのです。トカゲ族には発情期があるのでした。

私たちは爬虫類《はちゅうるい》ですから、寒い時期は冬眠します。これは、冬の寒さに対応できるよう、体のしくみを整えるための眠りです。野生に暮らしているわけではないので、餌《えさ》がない時期を眠って乗り越える必要はありません。

冬眠期間には個体差があり、数日から数週間で終わる者もいれば、春まで眠り続ける者もいます。

そして目が覚めると、発情期がはじまるのです。

幸いなことに私は急激に寒くならない限りは冬眠をしなくても平気でして、この時期になると例年、愛用のなぎ倒しくん（棒）を手に迎撃態勢《げいげきたいせい》に入りつつ、家の自室に引きこもります。

体格は小さい私ですが、通常のトカゲより断然力があるらしく、男性に襲《おそ》われても叩き飛ばすくらいは可能です。なぎ倒しくんを使えば、まさにホームラン。あの家では冬眠明けに巨大トカゲが空を飛ぶ、とご近所で噂になるほどでした。

なるほど、と納得する私を見てヤニスさんは言いました。

「普段はお前が同族に見えないから、なんとも思わない。だがそんな俺でも、発情期にはお前が色っぽく見えるから、とりあえず一緒に暮らすのは危ないとだけは言っておく」

彼は大変正直なトカゲです。

女としてではなく、友として接してくれた唯一のトカゲなのに――恐るべし、発情期。

ああ、せめて平凡に生まれたかったです。平凡な顔立ち、いえ、トカゲの美醜《びしゅう》などわかりませんので、醜《みにく》い顔立ちであったとしても構いません。一生一人で暮らせるならば！

「ヤニスさん、私はどうすればいいですか？」

すがるように尋ねると、彼は悩んだ様子で首を横に振りました。

「……俺のところへ逃げ込むのは構わない。それで王宮側が諦めるなら問題ないが、離縁させてでも嫁《とつ》がせようとする可能性もある。……お相手は、女に興味がないと評判の王子様だ。いっそのこと、王子様に気に入られない可能性にかけて、素直に王宮へ行ったほうがいいかもしれん」

気に入られたら厄介だがな、とも呟《つぶや》いたヤニスさん。

……やはり、私には選択肢がひとつしかないようです。

再び絶望に打ちひしがれた私は、地面に手をつきました。視界に映るのは、緑の鱗《うろこ》に覆《おお》われたトカゲの手。私の手です。

ああもう、なんで私は人間に生まれなかったのか――あるいは、かつて人間であったことを忘れられなかったのか――

人生、いえ、トカゲ生って上手くいかないものなのですね……

◆◇◆

――王宮で暮らし始めて二ヶ月が経ちました。おうちが恋しくてたまりません。

顔立ちがかなり整っていて、素敵で、優しくて、誰もが惚れてしまうようなトカゲの王子様――もといハインツ王子は、非常に残念なことに、私のことを気に入ってしまわれたようです。

私が王子様を受け入れるまで待つ、と言うほどでした。

私がただのトカゲの娘であれば、この上ない幸せだったでしょうに。

残念ながら受け入れ不可能なため、一日でも早く王子に嫌われておうちに帰りたいです。

今日も彼に誘われ、王宮の庭を散歩することになりました。

美麗な白亜《はくあ》の宮殿の庭には、色とりどりの花が咲き乱れています。その花々の間を歩くのは、王子様と他称・絶世の美少女。けれどトカゲ。悲しいほどトカゲ。

王子の他愛のない言葉に、感情のこもっていない相槌《あいづち》を打ちながら、私はキリリとお腹が痛むのを感じます。

ああ、そろそろ限界が……でも残りも少ないし……でも……

思わず顔をしかめた私に、ハインツ王子が尋ねました。

「ノエリア、気分が悪いのかい？」

私は必死で頷《うなず》きます。

「すみません、目眩《めまい》がするので自室に戻ってもいいでしょうか？」

「送るよ」

微笑《ほほえ》んで申し出てくれたものの、ときめきなど感じられない私にはなんの効果もありません。

その申し出を丁重に固辞し、逃げるように庭を走り出しました。

「ノエリア……」

残念そうに呟《つぶや》く王子様の声が背後から聞こえましたが、私の全神経はぐるぐる鳴るお腹に集中しています。返事をする余裕もなく自室へ駆け戻りました。

……ああ、お腹が空いた！


王宮で私にあてがわれたのは、とても豪華な一室でした。

繊細な細工の施《ほどこ》された壁をシャンデリアの灯《あか》りが照らし、天蓋《てんがい》付きのベッドは美しい色のレースで彩《いろど》られています。特注の鏡台、バラの模様が描かれた猫足のソファ、売れば家族で一年ほど暮らせそうな高級な壺《つぼ》。できればこの壺《つぼ》を抱えて逃げ出したいです。

私の自室は、王宮勤めの侍女さんたちの手により、塵《ちり》ひとつないほど綺麗な状態に保たれています。

ハインツ王子との散歩から自室に駆け戻った私は、民族衣装風のスカートのポケットに手を入れて、小さな鍵を取り出しました。そして部屋に入ってすぐのところにある金属の箱に手を伸ばします。金庫とよく似た形のそれは、私の腰ほどの高さ。少し屈《かが》んでカチャリと鍵を回せば、扉が開きました。

箱の中には、実家から持参したものを入れた、大きな袋。もどかしくそれを開くと、中からはさまざまな野菜が現れました。日持ちのするものを選んでたくさん持ち込んだのですが、すでに残りわずか。袋の底が見えています。

私は袋に入っている生野菜を手に取り、そのままかじりました。

本当は料理をしたいのですが、王宮の厨房《ちゅうぼう》を借りるのは難しそうです。もし借りることができたとしても、そこに置かれた恐ろしい食材が目に入るでしょう。死にます。デッド・オア・デッドです。

デッドといえば、王宮にはじめてやってきた日。

不幸なことに王子に気に入られた私は、王子から広間での食事に誘われ、心を無にしてどうにか席にはついたのですが……気づいたら倒れてしまったようでベッドの上にいました。趣向を凝《こ》らした王宮の料理は、私にとって気を失うレベルでした。視覚の衝撃で死ぬかと思いました。

その後、広間の食事で二度ほど気を失って以来、自室で侍女さんたちの運んでくる果物をかろうじて食べています。

彼女たちからは嫌な目を向けられましたが、「残念だけど、ノエリアは自室でお食べ」と王子が許可してくださったので、口出しできる者は誰もいませんでした。

ただでさえ食べられるものの少ない私にとって、リトの肉や野菜を食べられないことは死活問題です。とはいえ、アレやアレと混ぜ込まずに調理をしてくれ、と頼むこともできず……

持参した生野菜と果物だけを食べて二ヶ月。

空腹を誤魔化《ごまか》すのも、そろそろ限界かもしれません。

私はがりがりと生野菜をかじりながら、ため息をつきました。

これだけ生野菜を食べてお腹を壊さないのは、私がトカゲだからでしょうか。

心は人間であるというのに、どうしてこうなってしまうのか……泣きそうです。

ぺっこぺこのお腹を撫《な》でてみましたが、あまり凹《へこ》んでいる感じはしませんでした。

「ノエリア嬢、失礼してもよろしいですか？」

コンコン、というノックとともに扉が開けられます。いやいや、ノックの意味がないじゃないですか、と心の中で突っ込みました。

扉の前に立っていたのは、この国の宰相であるアンドレア閣下。閣下は野菜にかじりついている私を見て、数秒固まりました。

「し……失礼……」

「い、いえ……」

お互いそれしか言えませんでした。

アンドレア閣下は、指摘してはいけないと思ったのでしょう。すぐに扉を閉めました。

私は私で、もはや言い訳のしようがありません。食べかけの野菜をささっと袋に戻すと、姿勢を正して扉の横に膝をつきました。

「失礼いたしました。アンドレア閣下。どうぞお入りください」

閣下はわずかにためらったようですが、少し沈黙した後、再び扉を開きました。

「ノエリア嬢、話があります。座ってください」

彼はそう言うと、ローブにも似た長衣を翻《ひるがえ》し、私をソファへと促《うなが》します。

言われるがままソファへ身を沈めると、閣下はすぐ傍《そば》に膝をつき、こちらをじっと見つめました。

「……痩《や》せましたね」

その言葉に、私は目を丸くしました。

痩《や》せたかどうかの判別がつくとは。鏡で見たところ自分では変わった気がしません。棘《とげ》の向きが違ったりするのでしょうか。

驚く私に、宰相閣下は言葉を続けます。

「いろいろと無理を強いてしまい、申し訳ありません。食事は口に合いませんか?」

「い……え、その……」

言えません。王宮の食事が口に合わないと言えば、料理人のクビが切られるかもしれません。

とはいえ、このままの状況が続くと、待っているのは餓死《がし》しかなく——私は、慎重に言葉を選んで伝えました。

「ご迷惑をおかけするのが申し訳なくて言えませんでしたが……恥ずかしながら私は偏食《へんしょく》で、リトの肉と野菜しか食べられないのです」

「リトの肉と、野菜ですね……。だからあなたはそんなに小さいのです。もっといろいろなものを食べなさい」

そう叱《しか》る宰相閣下の口調からは、私を心配してくれている気持ちが感じ取れます。

ありがたくはありますが、いろいろなものは断じて食べられません。

アンドレア閣下は眉を下げた私を見つめ、呟《つぶや》くように言いました。

「その外見で十八歳だというのは驚きです。最初に会った時、まだ学舎に通う年齢かと思いました」

二ケ月前、実家の前に、金で装飾された豪奢《ごうしゃ》な馬車が止まりました。私を王宮へと連れていくためです。

馬車から降り立ったアンドレア閣下は、私の姿を認めて一瞬息を呑み、名前と年齢を尋ねてきました。正直に「ノエリアと申します。十八歳です」と答えた私に、彼はため息を漏《も》らして言ったのです。

「……それなら良かった。まだ学舎に通っている年齢かと思い、連れていくのを躊躇《ちゅうちょ》したところです」

「あっ、お待ちください、閣下！　十五歳でした、十五歳です」

悪あがきをしてさばを読んだ私に、冷たい表情で「行きますよ」と促《うなが》した宰相閣下。そして私は王宮に連れてこられたのでした。

その後、王宮では、すぐ王子に気に入られてしまい、今に至ります。ああ、帰りたい。

私は、目の前のアンドレア閣下に訴えました。

「お言葉通り、偏食《へんしょく》なので育ちが悪いのです。私には、王子様に釣り合うものなど何ひとつありません」

王宮に来てからというもの、王子に釣り合わないと何度も伝えているのですが、今日もアンドレア閣下は首を横に振りました。

「殿下は、あなたを気に入っています。身分差を気にする、いじらしささえ愛《いと》おしいと」

だから、身分云々《うんぬん》ではなく！　トカゲが無理なのですってば!!

これまでたくさんの殿方に求婚されてきた私は、逃げたり断ったり空を飛ばしたりすることで、なんとか凌《しの》いできました。

王子にも、遠回しにお断りの言葉を告げたことがあります。

「私は、王子様の隣に立つことができる娘ではありません」

けれど王子様の返事は、「あなたでなければ嫌なんだ」でした。笑顔のオプション付きです。撃沈しました。

私が何度断っても王子は諦めず、ほぼ毎日のように、食事やお茶、外出へ誘われます。さらには「あなたが僕を好きになってくれるまでずっと待つよ」と笑顔で言う始末。おまわりさん、こいつストーカーです。

王様は病気でほとんど表に姿を現さず、王妃はすでに亡くなっています。そのためこの国は、ハインツ王子と冷血宰相とも呼ばれるアンドレア閣下を中心とした体制へ移行している最中。彼らを止められる存在は、いないに等しいのです。……いえ、一人だけ心当たりはあるのですが。

アンドレア閣下は、私の頬にゆっくりと手を伸ばしました。硬い鱗《うろこ》の感触が伝わり、私は目を瞬《またた》かせました。そんな私を、アンドレア閣下はじっと見つめてきます。

「これだけ可愛らしく聡明な娘を、気に入らない者などいないでしょう。女性を気に入ることなど滅多にない殿下でさえ、あなたに心を許しています。幸い殿下が王位を継ぐまでに、まだ時間がありますし、いずれあなたが王妃となれば、外交も仕事の一部。食べられぬとは言えませんから、その間に偏食《へんしょく》をどうにかなさい」

アンドレア閣下は、そんな追い討《う》ちをかけてきます。

王子様を好きになること、テーブルの上の食事を食べることは、人間としての尊厳の崩壊を意味します。是《ぜ》と言うくらいなら死んだほうがマシ、というレベルで無理なのです。

どうして私は、トカゲの心を持って生まれなかったのでしょうか。

顔を伏せた瞬間、ぽろりと涙がこぼれました。

「む、無理です……閣下！　私は、ご期待にそえません……！」

震える声でそう告げると、頬に添えられた閣下の手から動揺が伝わってきました。彼は戸惑っている様子です。

伝われ、このハート。本当にトカゲは無理なのです。

「……殿下とのご結婚をお断りするとして、その後はどうするつもりです？　それだけの美貌を持ち、未婚のままずっと生きていくことはできないと、あなたにもわかっているはずです」

ぽつりぽつりと、閣下が尋ねます。いつもの「冷血な宰相閣下」ではなく、その声には少しだけ優しさが含まれていました。

「あなたの気持ちが王子にないというのなら……誰ならばいいのです？」

わずかな熱を含んだアンドレア閣下の言葉に、私はある男性を思い浮かべました。唯一、私を口説《くど》くことのなかった同僚の姿を。

私は、ぱっと顔を上げて叫びます。

「庭師のヤニスさんと結婚します……！」

もうそれくらいしか逃げ場はないのです。

毎日王子に口説《くど》かれ続け、ヤニスさんは貴重な男性だったのだと改めてわかりました。私を口説《くど》かないヤニスさんのほうが、数万倍好感度が高いのです。発情期だけ別居しましょう！　そうしましょう！

しかし私の言葉に、アンドレア閣下の手がぴくりと震えました。

「――許しません！」

その声は、これまで一度も聞いたことがないほど冷たいものでした。

急に立ち上がった閣下をこわごわ見上げると、彼は私から視線を逸《そ》らします。

「閣下、どうか！」

「駄目です。そんな、そんな男にあなたを渡すものですか！」

「――え？」

アンドレア閣下は私を振り切るように、足早に扉へ向かいます。そして振り返った彼の顔は、いつもの絶対零度の表情ではなく、苦しげに歪《ゆが》められていました。私を見下ろすアンドレア閣下の瞳には、熱い炎が宿っていたのです。

「他の男のものにはさせません。あなたは殿下の妻になるか、あるいは――」

そこで言葉を切り逡巡《しゅんじゅん》を見せた後、閣下は自嘲《じちょう》の笑みを浮かべました。

それ以上何も言わずに去っていくアンドレア閣下を、私はただ呆然と見送ります。

なんだかまずいことになっている気がしました。

◆◇◆

平穏無事な暮らしほど、素晴らしいものはありません。

あなたに好かれたってこれっぽっちも嬉しくない、と伝えることができない以上、曖昧《あいまい》に笑って誤魔化《ごまか》すしかないのです。

「ノエリア、出かけないか？」

目の前には、笑顔で私を外出に誘ってくださるイケメン（ただしトカゲ族に限る）のハインツ王子です。いろいろな言い訳をしつつ、ひたすらに断り続けて、なんとか王子のお誘いから逃れることができました。

その後、一人で向かった先は王立騎士団でした。

絶世の美少女（ただしトカゲ族に限る）の私は、現在、お客様として扱われています。しかし周囲のトカゲたちは、いずれ私が王妃になると予想しているようです。

もちろん私の両親はただの町民でなんの後ろ盾もなく、私を妻にしたところで喜ぶのはハインツ王子だけ。それがどれだけ愚《おろ》かなことか、他国の王族や国内の有力貴族と婚姻を結んだほうがどれだけ益があるか……毎日懇々《こんこん》と王子に伝えているのですが、彼は「でも、あなたが好きだから」と笑みを浮かべるのです。自力での説得は無理でした。どう言っても「あなたが好きだから」で返される実りのない会話に疲れ果てました。

宰相であるアンドレア閣下に説得をお願いしたいものですが、彼は私を王宮に呼び寄せた張本人でもあり、期待はできません。

ただ、閣下が王宮の料理人に伝えてくれたのか、食事には、野菜とリトの肉だけを使った料理が用意されるようになりました。

一言お礼を言いたいのですが、生野菜まるかじりの姿を見られた日以来、どうも私は避けられているらしく、お礼や説得のお願いなどを伝えることができないままでした。

他に私と結婚しても一利なし、と王子を説得してくれる人はいないものか考えた時、唯一の心当たりとして王立騎士団長のガスパール様が浮かびました。

そこで私は、こっそり彼を訪ねることにしたのです。

我《わ》が国一の強さを誇る王立騎士団の練習場へ辿《たど》り着くと、今日のお仕事を終えられたガスパール様の姿がありました。

彼は強い上に格好が良いと評判で、若い女性たちの憧れの的。

ハインツ王子、アンドレア宰相に続き、ガスパール様もおもてになるのです。

一応言っておきますが、全員トカゲ人間です。誤解のないようにお願いします。前世の私であれば、誰も見分けのつかないレベルです。

私はガスパール様に声をかけ、挨拶《あいさつ》をした後に事情を説明しました。「王子様を止めてください」と心からお願いして頭を下げます。

ガスパール様は「ふぅん」と興味深そうに呟《つぶや》き、私の頭からつま先までをまじまじ見つめ、にやりと笑いました。

「で、ハインツ殿下を止められた時の報酬《ほうしゅう》は？」

そう尋ねられても、私は報酬《ほうしゅう》と呼べるものなど渡せそうにありません。せいぜい数年お屋敷に勤めて貯めたお金と、リトの肉や野菜で作れる料理のレシピくらいでしょうか。

正直に申告すると、彼は「あまり聞いたことのない料理だな。それが美味かったら手伝ってやるよ」と面白そうに言いました。

やっと味方の登場か！　と、私は喜んで頷《うなず》きます。

ただし、厨房《ちゅうぼう》を借りるとなると王宮の料理長にご迷惑がかかるでしょう。なるべくそれは避けたいですし、できれば秘密裏に動きたいのです。

料理の作れる場所を考えていると、ガスパール様がおもむろに口を開きました。

「じゃあ、俺の家はどうだ？」

「ガスパール様のお家、ですか？」

彼は、城下に私邸を持っているのだそうです。

王宮から外出するにはアンドレア閣下の許可が必要なのですが……

「困ったことに、私は外出の許可がいただけないようでして……」

おそらく、許可を出したら私がどこかに逃げると思っているのでしょう。もしくは、誰かと逢引《あいびき》すると考えているのかもしれません。……なんとなく後者な気がしてきました。ヤニスさんの名前を出した余波に違いありません。失敗しました。

「大丈夫だ、さっさと行くぞ」

ところが、ガスパール様は自信満々に顎《あご》をしゃくります。

許可なく外に出ては、ガスパール様も私も処断されるのでは？

私は不安になり、おそるおそる尋ねました。

「あの、本当に大丈夫でしょうか？」

すると、彼は笑いながら頷《うなず》きます。

「ああ。さすがに王子のお気に入りを寝室に連れ込むわけにはいかないからな。心配するな」

「……」

そういう意味での不安ではなかったのですが、今後そっちの心配もしようと思います。

ちょっと引いて半眼の私に、ガスパール様は肩を竦《すく》めました。

「来ないなら、話はこれまでだが」

「行きます！」

どこか場所を借りなければ料理を作れませんし、彼の協力も得られません。

現状を打破したい以上、ここは腹を決めるしかないのです。私は、小走りにガスパール様の背を追いかけました。


ガスパール様の馬車に乗り込み、御者の鞭《むち》の音と車輪の音を聞きながら、私は身を強張《こわば》らせます。

隣に座るガスパール様は、からかうような笑みを浮かべました。

「そんなに緊張しなくても、大丈夫だって」

「ですが、もうすぐ王門ですし」

王門を通過する馬車は、門番に必ずチェックされます。

私がハラハラする一方、ガスパール様は余裕の表情で背もたれに体を預け、足を広げました。狭い。隣に人がいるのを忘れないでいただきたいです。

やがて、王門を通るため御者が馬車を止めました。

私は体を縮こまらせましたが、ガスパール様は口笛を吹いています。

「ガスパール様の馬車ですね！　どちらへ？」

「私邸まで」

「お気をつけて」

予想外なことに、馬車はあっさりと王門を通過し、外へ出ました。

目を丸くしていると、ガスパール様が楽しげに笑います。

「まぁ、俺の馬車にはよく女性が乗っているからな。それも、素性《すじょう》を知られたくないような女性が。慣れてんだよ、門番も」

「……」

再び半眼になった私は、すすすと彼から体を離しました。「嫌われちまったか」とニヤニヤするガスパール様。いえいえ、嫌いになったわけではなく、どん引きしているだけです。

私と彼の心の距離は果てしなく広がりましたが、彼の私邸までの距離は短かったらしく、その後、すぐに目的地へ到着しました。

ガスパール様の私邸は、私が勤めていたお屋敷の数倍は大きく、使用人もたくさんいるようです。厨房《ちゅうぼう》は玄関からかなり歩いたところにあり、器具も設備も充実していました。

「なんでも好きに使っていいぞ。家の奴らは俺の無茶振りに慣れてるし、欲しいものがあれば気軽に言えよ」

「……」

ガスパール家の使用人に同情しつつ、とりあえずアレ系の食材提供は固辞し、リトの肉と野菜を用意していただきました。

私が作れるのは、前世の知識に頼った家庭料理。そもそもトカゲの世界の食事は取れませんので、味がわかりません。

残念ながら、この世界には米がありませんでした。一方、調味料は前世と同じくらい豊富です。牛に似た動物もいるので牛乳らしきものもあるのですが、食用に飼われているわけではないため、手に入れるのはとても困難で、時々、乳製品が恋しくなります。

さて、料理をはじめましょう。

まずはリトの肉に下味を付けて置いておき、香りが強めの野菜を小さく切って、鍋にひとつまみ入れました。

人参《にんじん》やジャガイモに似た野菜はざくざくと大きめに切り、お鍋に投入。臭《くさ》みの取れた頃にリトの肉も入れて、灰汁《あく》を取りながら丁寧に煮込みました。

しばらくしたら、野菜とお肉を鍋から取り出します。肉にはこしょうをふって、フライパンで皮がカリカリになるまで焼き、一口サイズに切り分けました。それから調味料を混ぜ合わせたソースで、もう一度軽く焼くのです。

残った茹《ゆ》で汁は塩胡椒《しおこしょう》で味を調え、卵を割り入れて軽くかき混ぜます。これでスープが完成。

最後に、アンチョビとニンニクに似た野菜、オリーブ油っぽいもので、バーニャカウダソースを作りました。このソースは煮込んだ野菜に添えます。

簡単ですが、普段私が食べている食事ができました。

ガスパール様の前にお皿を並べると、彼は楽しそうに笑いました。

「リトの肉や野菜がメインの料理は、はじめて見たな」

アレ系の料理は作れませんからね。

ガスパール様はさっそく一口食べて、頷《うなず》きました。

「ふむ……珍しいけど、悪くない。もっと味が薄いのかと思っていた」

トカゲの世界で料理の文化が進んでいることは、さまざまな調味料があることからうかがえます。

トカゲ族の食べている料理の味はわかりませんが、きっときちんと味付けされているのでしょう。

ガスパール様のお口に合わなかった場合を考え、二人分程度の食事を作った私。

ガスパール様はそれをぺろりと平らげた後、「量が少ない！」とおっしゃいました。

私は慌てて同じ料理を作り、追加で別の料理も用意し、彼の前に並べていきます。濃い味が続くと胃がもたれるかと思い、さっぱりした調味料を使用して味を変えてみました。

それから、何人前食べたのでしょうか。

すべてぺろりでした。大食漢というやつかもしれません。

私がどきどきしながら様子をうかがっていると、彼は大変満足そうに笑い、椅子の背もたれに肘を置いて言いました。

「いいだろう。どの料理も美味かった。食事代として、ハインツ殿下に忠告してやろう」

私は、ぱっと顔を輝かせてガスパール様を見ます。すると彼は言葉を続けました。

「ハインツ殿下が諦めたら、俺がお前をもらってもいいか？」

……はい？　すみません、よく聞こえませんでした。

いいえ、耳が聞き取るのを拒否したのだと思います。トカゲにも耳はあるのですが、この際ないほうが良かったのかもしれません。

「さすがに殿下のお気に入りに手を出すわけにはいかないが、そうでなくなれば話は別だ。聞いた話じゃ、あの宰相閣下も恋敵《こいがたき》のようだし、こりゃあ気合い入れてかからねぇとな」

「え、あの、ちょっと待ってください！」

必死で叫んだのですが、遅かったみたいです。

椅子から立ち上がったガスパール様にぐいと腰を引き寄せられ、目の前には、アップのトカゲの顔。

「無理無理無理無理」とつい口から出てしまいました。私はのけぞるように身を離します。

「殿下や閣下が惹かれたのも、よくわかる。それだけの美貌を持ちながら、それを利用しようともせずに、平凡に生きたがる。そりゃあ危なっかしくて、近くに置きたくなるだろう？」

そんなこと言われてもですね、絶世の美少女だろうとイケメンだろうと、あくまでもトカゲ族に限るのです！　美しいという言葉からかけ離れているのですよ、私の価値観では！

前世で爬虫類《はちゅうるい》ＬＯＶＥな方々はいましたが、間違っても結婚しようとは思わないはず！　トカゲは無理です。本当に無理です！

「で、どうなんだ？　返事は？」

「無理です無理です、おうちに帰してください！」

帰りたいです。おうちに帰って、引きこもりたいと願う私を一体誰が責められるでしょうか。

私の半泣きの顔をくっくと笑って見下ろし、ガスパール様は口を開きます。

「まあ王宮に帰すか……今日のところは」

いえ、あの、私はおうちに帰りたいです。

ああ、なぜこの世界では、爬虫類《はちゅうるい》が哺乳類《ほにゅうるい》を押しのけて頂点の座を取ってしまったのでしょうか……

嘆《なげ》く私にはいっさい構わず、ガスパール様は上機嫌で私の肩を抱いて歩き出し、玄関に向かいます。セクハラ反対、と肩の手を無理やり外しつつ、私は馬車に乗せられました。

ガスパール家の馬車は帰りも問題なく王門を通り、私は王宮の前であっさり解放されました。ガスパール様は「またな」と早々に帰っていきます。

残された私は、しっぽをしょんぼり揺らしました。王子への説得の依頼が、成功したんだか失敗したんだかわかりません。

もう寝よう。現実逃避しよう。

とぼとぼと歩いて自室に向かえば、扉の前に誰かが立っていました。

アンドレア閣下です。

次の瞬間、あたりが氷河期のような空気に包まれました。寒い。私でも冬眠できそうです。逃げ出そうにも安住の地である自室はアンドレア閣下の向こう側でした。

「どこへ行っていたのですか？」

えーやだーわかっているくせにー、と軽口を叩きたい気持ちもありましたが、下手なことを言ったら凍死する気がしました。それだけはわかります。

「ガスパール様のところです」

素直に答えると、アンドレア閣下はつかつか歩み寄ってきて私の腕を掴みました。

硬い鱗《うろこ》に覆《おお》われているというのに痛いです。あっ、マジで痛い痛い痛い！　閣下、どんだけ力入れているんですか、割れます、鱗《うろこ》割れますって！

私が悲鳴に近い声で「閣下！」と叫ぶと、彼は手から力を抜きました。

「何をしに行ったのですか！」

「お、王子様を止めていただきに……」

「ガスパールで止まるなら、私が止めています！」

アンドレア閣下は口惜しげに言いますが、言外《げんがい》に止まるわけがないとでも言いたげです。その顔には疲労の色が見えました。

「他の男のところに行くなと言ったでしょう！」

ぎらぎらと至近距離で睨《にら》まれて、心臓が止まりそうでした。

あっ、そういえばトカゲって雑食でした。同族でも食べそうな勢いで迫られたら、そりゃあちょっと怖いですよね！

「閣下、でも」

私が口を開こうとした瞬間、アンドレア閣下の顔が近づいてきました。

私は反射の域を超えるスピードで閣下の手を振り払い、後ろに向かって飛びます。

ふかふかの絨毯《じゅうたん》を敷いた廊下にずざざざとスライディングした後、あたりは沈黙に包まれました。

やっちまった、というのがまず思い浮かんだ言葉でした。

ひどいレベルでの拒否っぷりです。

とはいえ、トカゲに口付けされるのだけはごめんです。本気で嫌なのです。

閣下、もしやとは思いましたが私のことを……？　冷血宰相と言われるほどの彼は、女性に対しても冷ややかで、王子と同じように女性に興味がないと思われていましたのに。

そんなことを考えていた時——

「振られたな、アンドレア宰相」

廊下の角から現れたのは、笑みを浮かべるハインツ王子。

まさか王子がこの場にいるとは思いませんでした。

やはり、ストーカーです。というか、いたならアンドレア閣下を止めてくださいよ。

閣下はその場に膝をつくと、凍りついたような顔で淡々と言いました。

「……失礼をいたしました」

彼がひどく傷ついているのは、わかります。ですが、私にはどうしようもないのです。彼を愛することはもちろんできませんし、口付けられるのは本気で無理です。全力でフライングエスケープさせていただきます。

「罪な方だ、あなたは」

ハインツ王子は、うっとりとした目で言いました。

「王子や宰相という地位、豪勢な食事、贈り物。どんなものにも、あなたは魅力を感じないらしい。何をすれば、あなたを喜ばせることができるのかな。その答えがわかるのなら、この国が傾《かたむ》いたっていいい。そんなことまで考えてしまう僕を、国民はなんと言うだろうか」

バカ王子と言うと思います。

私は心の中で正直に返事をしました。

今の時点で、私はあなたのことをストーカーだと認識していますし、求婚をやめて家に帰してくれればめっちゃ喜ぶんですけど。

私がストーカーから距離を取るため一歩後ろへ下がると、ハインツ王子は言葉を続けました。

「僕は、あなたが僕を好きになってくれるまで待つよ。性急に事を運んで、彼のようになりたくないからね」

ちらりとアンドレア閣下を見て微笑《ほほえ》むハインツ王子。

閣下は凍てつくような瞳で「失礼」と一言残し、立ち去りました。

え、ちょっと——今、埋まらぬ溝が見えた気がしますよ。大丈夫ですか。この国の行く末が心配なのですが。

私はもうどうにでもなれと思い、震える声で言いました。

「十年待っても二十年待っても、私があなたを好きになることなどありません」

とどめとばかりに伝えましたが、さすがストーカーは一味違います。

「三十年でも四十年でも、待つよ。あなたが僕を好きになるまで」

死ぬまで待っても無理です――と伝えようか迷ったものの、じゃあ来世のあなたを見つけようとか言って殺されるシーンが浮かんだため、口を噤《つぐ》みました。

「おやすみ、ノエリア」

ハインツ王子は私の傍《そば》に歩み寄り、手を取って口付けました。鱗《うろこ》がカチリと音を立て、私の口からはヒッと小さな声が漏《も》れました。

「これも駄目か。本当にあなたは難しい。だからこそ、手に入れたくなるんだよ」

そう言って笑うと、彼は去っていきました。

私はふらふらと自室の扉へ向かい、中から鍵をしっかりと締めて崩れ落ち、叫びました。

「だから、トカゲは無理だって言ってるのにぃぃ!!」

心の底からの私の叫びは、誰もいない部屋に虚しく響きました。

◆　◇　◆

それから、二ヶ月ほどが経ちました。

イケメン（ただしトカゲ族に限る）王子とイケメン（ただしトカゲ族に限る）宰相、イケメン（以下略）騎士団長に言い寄られる毎日です。みんな、仕事しましょうよ。

まったく嬉しくない状況に、精神が限界を迎えそうだったある日のことです。

今日も今日とて、ハインツ王子は私の部屋でお茶を飲んでいました。断り続けたところで、朝も昼も夜も来るのです。諦めて、数日に一度は応じるようにしました。求む、ストーカー規制法。

げんなりしながら王子の話を聞き流していると、ノックの音が部屋に響きました。扉を開いて入ってきた侍従が王子に近寄り、何事かを囁《ささや》くと、王子の顔に笑みが広がります。

「ノエリア、南方の川岸で珍しいものを捕まえたんだ。ようやく王宮に到着したみたいだから、ぜひあなたに見せたいと思って」

「まぁ、そうですか」

それが料理として出てくるものなら、大抵アウトです。できれば遠慮したいと思った私は、曖昧《あいまい》に頷《うなず》きました。

しかし、再び侍従が何かを囁《ささや》くと、彼は顔を曇《くも》らせます。

「でも……大分弱ってしまっているようだね。食事が合わなかったのかな」

食事は、私も合いませんが。

「あんまり弱ったものを見せるのも悪いし、また今度、別の珍しいものを用意しようか」

そう微笑《ほほえ》むハインツ王子に、私は首を傾《かし》げて尋ねました。

「何をお捕まえになったのです？」

彼は笑顔を崩さぬまま答えました。

「ヒトだよ。大昔に我らトカゲ族が滅ぼしたはずの、人間の子供が見つかったようだ」

昔々、この世界は人間によって支配されていました。人間は、今はなき魔法と呼ばれるものを使える生き物でした。

大陸にはいくつもの国が誕生し、人々は栄華を誇りました。

そしてある時、人間たちは争いを起こします。彼らはトカゲに魔法をかけて人と同じ知識と肉体を与え、トカゲ人間を作りました。人間の目的は、トカゲ人間を兵士として仕立て上げることでした。

「我々のために戦い、我々のために死ぬのだ」

人間の魔法によって、トカゲ人間たちには自我が芽生えました。

トカゲ人間は人間より聡明で強靭《きょうじん》だったため、やがて反旗を翻《ひるがえ》します。その後、長い争いを経て人間を討《う》ち滅ぼし、地上を支配しました。

戦いに負けた人間たちは、徐々に数を減らし、そして遂に――姿を消してしまったのです。

今から千年以上も前のことで、人間の姿形《すがたかたち》は、文献に残っている程度。もはや伝説上の生き物となったのでした。


これは、母から聞かされたお伽噺《とぎばなし》です。

この世界には、たったの一人も人間はいません。トカゲ族にとって、人間はかつての敵であり、今ではいなくなった種族なのです。

はじめてこの話を知った時には、衝撃を受けました。この世界で、人間と出会うことは一生ないということを理解したからです。

にもかかわらず、ハインツ王子は人間を捕まえたと言いました。

私は目を見開いて、彼に尋ねます。

「いつ、どこで⁉　今はどこに⁉」

王子は私の反応に驚いたらしく、戸惑いがちに答えました。

「二週間ほど前、南の領地ラトベニアの川岸に倒れていたようだよ。捕まえてこっちに運んできたけど、もう動けないくらい弱っているみたいだね。今は地下の牢獄に入れているらしいけれど……ノエリア？」

「お願いします、会わせてください！」

今はいない、そして決して会えることがないと思っていた、人間。

私の心の中だけの話ではありますが、人間は同族なのです。

思わず王子に詰め寄ると、彼はさらに驚きながらも頷《うなず》きました。

「いいけど、地下は暗いし危ないから、ここに連れてくるよ」

「今すぐに、会いたいんです！　連れていってください、ハインツ殿下！　お願いします！」

王子でなければ、ガクガク揺さぶってお願いしたでしょう。私の必死の形相に、王子は目をぱちくりさせて立ち上がりました。

「あなたがそこまで感情を露《あら》わにするなんて、珍しい」

伝説の生き物だからかな、と笑う王子の背中を押す勢いで、私は地下牢へと向かいました。

暗い地下は、湿気《しけ》った匂いがしました。私たちを案内してくれたトカゲは、牢屋の見張り役のようです。彼はある牢の前まで私たちを連れてきて、そっと脇に避け、膝をつきました。

牢の中では蝋燭《ろうそく》の炎が揺らめき、ぼんやりと地面を照らしています。

「これが、人間？　貧相で鱗《うろこ》もないし、変な形をしているんだね」

ハインツ王子は牢を覗き込み、感想を述べました。私は彼を押しのけるように牢の鉄柵を掴み、限界まで顔を近づけて目を凝《こ》らします。

視界に映ったのは、ぐったり地面に横たわっている一人の少年。

短い黒髪は泥に汚れ、顔は蒼白で、荒い息を吐いていました。げっそりと痩《こ》けた頬から、ろくに何も食べていないことがうかがえます。

悲鳴にも似た声が私の喉から漏《も》れます。

「――死んでしまう!!　その子が、死んでしまいます！　殿下、ここを開けてください、お願いです！」

涙が出そうでした。人間の扱い方をわかっていないトカゲ族は、おそらくトカゲの食料を与え、風呂にも入れず、とりあえず王宮へ連れてきて牢に突っ込んだのでしょう。

彼は食事を拒否したに違いありません。おそらく体力も、限界に近いのではないでしょうか。

私はハインツ王子を急《せ》かして牢を開けさせると、少年に駆け寄って抱き上げました。少年はあまりにも軽く、彼の命が消えかかっているのだと感じました。

お礼を言う時間すら惜しくて、私は目を丸くしたままのハインツ王子に会釈《えしゃく》すると、全力で自室に向かって走りました。

私の部屋には、こっそり補充した野菜類があります。これは、ガスパール様の厨房《ちゅうぼう》から譲っていただいたものです。何かあった時のために備蓄しておいたのですが、本当に助かりました。

慎重に少年をベッドへ下ろし、私は慌てて食事を準備します。

ここまで衰弱《すいじゃく》していては、固形物など受けつけないでしょう。

私は机に置かれたカップを手に取りました。そして大根に似た野菜をすり下ろし、蜂蜜《はちみつ》がわりの液体を混ぜて、彼の傍《そば》に膝をつきます。

気道に詰まったり、呑み下せなかったりするとまずいので、少年の体を抱えて起こし、スプーンを口元へ寄せました。

意識の朦朧《もうろう》とした彼は、弱々しく首を振りました。

「駄目です、食べて……食べてください」

哀願《あいがん》するように少年の耳元で囁《ささや》けば、ぼんやりと彼は目を開きます。

力なく開いた口に少しだけ食事を流し込むと、少しずつではありますが、食べてくれました。安堵のため息が漏《も》れます。

良かった！　……食べてくれました！

食べる気力をなくした生き物は、死ぬしかありません。

彼がまだ生きようとしてくれているのだと感じ、私の目から涙がこぼれます。

カップ一杯分を食べると、彼は力尽きたのか眠りに落ちました。

ふと気がついたのは、かび臭《くさ》い匂い。牢屋の湿気《しっけ》が彼の体に移ってしまったみたいです。

私は厨房《ちゅうぼう》へ向かい、恐縮しながら頭を下げて、お湯をいただきました。

たらいに入ったお湯に小さな布を浸し、軽くではありますが、彼の体を拭《ふ》きます。泥まみれの体を拭《ふ》いた布は、真っ黒になりました。余っていた私の服を彼に着せて、そっと布団をかけます。

もしかしたら、熱があるのかもしれません。彼の額に手を当てたものの、変温動物な私にはよくわかりません。私はたらいに冷たい水を汲《く》んで新たな布を絞《しぼ》ると、彼の額に当てました。しばらくすると苦しげな彼の寝顔が少しだけ和《やわ》らぎました。

「大丈夫、大丈夫ですよ。怖いことは何もありませんからね」

私は彼の枕元で、そっと囁《ささや》きました。

絶滅した人間。この世界で会うことは決してないだろうと思っていた、人間。

その存在が、今、目の前にいます。目頭が熱くなりました。

「早く元気になってください。たとえ人間がこの世界にあなただけでも、私が、私がいます……！」

この時、私は気づいてしまいました。トカゲの世界に生まれ変わってから、私はいつも孤独を感じていたのだと。


孤独に気づいてしまったからには、どうしようもありませんでした。

私はこの同族を失うことを恐れ、朝夕つきっきりで看病しました。少年の汗を拭《ぬぐ》い、起きたら軽い食事をさせて体を拭《ふ》き、彼の体力が戻るのをじっと待ったのです。四の五の言っていられず、土下座する勢いで料理長に頭を下げて、厨房《ちゅうぼう》を借りました。栄養価が高く食べやすい人間用の食事は、私以外、誰にも作れなかったでしょう。

意識が朦朧《もうろう》としていた彼ですが、ふとした瞬間、覚醒したのか私を見て悲鳴を上げます。怯《おび》える彼に、何度も何度も「大丈夫、怖くないですよ」と言葉をかけながら、私は看病を続けました。

数日もすると彼は意識がはっきりし、警戒した表情ながらも、私の差し出す食べ物を口にするようになりました。

言葉は通じているのかどうかわかりません。彼は一言も話そうとしませんでした。こちらが微笑《ほほえ》みかけても彼にはわからないらしく、常に眉間に皺《しわ》が寄っています。

ああ、私が人間ならば、彼はここまで警戒しなかったでしょうに！

無念です。私は、どうやってもトカゲでしかないのです。

ハインツ王子やアンドレア閣下、ガスパール様は度々私の部屋に来ましたが、「病人の体に障《さわ》ります」と入室《にゅうしつ》をお断りしました。

そんな私を見て、「まるで雛《ひな》を守る親鳥のようだね」と笑ったハインツ王子。確かに、それに近い感覚はありました。彼を守ることは私にしかできないと感じていたのです。

◆　◇　◆

彼の看病をはじめて二週間ほど経ったある日。

彼は、はじめて言葉を発しました。

「……××××××？」

すみません、わかりません。トカゲ族と人間では言語が違うようです。

私が首を傾《かし》げると、彼は再度同じような言葉を話しますが、やはり理解できる単語はありませんでした。

「ごめんなさい、言葉は通じないみたいですよ」

せめてニュアンスだけでも伝わってほしいと優しく声をかけたものの、彼の警戒心は緩みません。

私が動く度にビクリと震え、声をかけるとこちらを睨《にら》みつけてきます。

「何もしないから、大丈夫ですよ」

できるだけ彼を刺激しないように、私はゆっくりとした動作を心がけました。ベッドの上の彼がじっとこちらを見ているのを感じながら。

さらに数日が過ぎ、ベッドに身を起こした彼が、私に向かって手を差し伸べました。

こっちへ来いとでも言いたげなその仕草に、私は首を傾《かし》げて近づきます。

「どうしました？」

彼は今にも逃げ出しそうな体勢で、おそるおそる私の手を取りました。

「×××××」

「……？」

彼が何か呟《つぶや》いた瞬間、手がじんわり熱くなった気がしました。

思わず彼の手が重ねられた自分の手を見ましたが、なんともありません。今のは、なんだったのでしょうか。

彼は私の顔を見つめた後、手に視線を向け、ゆるゆる首を横に振ります。その時、彼の表情から警戒心が少し消えたように感じました。

彼はそれ以上何もせず、ベッドに横になります。

「ゆっくり休んでくださいね」

今のは何かのスキンシップだったのでしょうか。

不思議に思いながら彼に優しく声をかけると、彼はそのまま眠りにつきました。

あれ、そういえば……意識がはっきりしてから警戒し続けていた彼が、私の前で自ら眠りについたのは、はじめてかもしれません。


少年を保護してから、一ヶ月。

彼はずいぶん快復して、普通の食事も取れるようになりました。歩くとまだふらつきますが、これだけ元気になるとは喜ばしいことです。

私と同じメニューを二人分部屋に運んでほしいとアンドレア閣下にお願いし、この頃は彼と一緒に食事をしています。とっても楽しいです。

ハインツ王子も参加したそうでしたが、どうにかお断りしました。だってハインツ王子の食事はアレですし。せっかく彼の食欲が戻ったというのに、またなくなってしまっては大変です。

「あと少しだけ待っていただければ、今までお断りしていた広間での食事にも行きますから！」

王子に頼み込み、部屋には来ないでくださいと念押ししました。

少年の体調を思うと、王子と二人きりの食事など怖くは……いえ、嫌ですけど仕方ありません。

王子は、「あなたと二人きりで食事ができる日を楽しみに待つよ」と笑みを浮かべていました。ちょっと早まったかもしれません。

とはいえ、今日も私は少年と二人で食事をしています。私は、目の前の彼をそっと観察しました。年齢は十歳かそこらでしょうか。

幼いながらも利発そうで、髪は黒色、瞳は茶色。どこか日本人に近い外見です。大きな目に、整った顔立ち。ああ、人間の顔なら、このように美醜《びしゅう》がわかるのに。トカゲは、いまだによくわかりません。

彼が見つかったのは、南方にあるラトベニアという地です。そこで私は、彼のことを勝手にラトくんと呼んでいます。

「ラトくん、デザートも食べますか？」

丸い桃のようなものを差し出すと、ラトくんは私と桃を見比べて頷《うなず》きました。ああぁ、可愛い。人間であれば、私が盛大ににやけているのがラトくんにもわかったでしょう。けれどトカゲ人間なため、私が笑っているのか怒っているのか、彼にはわからないと思います。

皮を剥《む》いて渡すと、彼はがぶりと食べました。彼の手に伝う果汁を、私は濡れたタオルで拭《ぬぐ》います。彼は自分が世話をされることに無頓着な様子です。そのまま食べ続け、最後に芯を渡してきました。

「××××××」

ぺこりと頭を下げられたので、私もぺこりと頭を下げます。おそらく、ごちそうさまか何かを言っているのでしょう。

彼に手を触れられた日以来、彼の警戒心は解けたようでした。私が何をしていても、気にせずじっと体を休めています。

いまだに言葉は通じませんが、ジェスチャーによって大体のニュアンスは伝わっているようです。私がベッドを指して彼の背中を押せば眠りますし、ご飯を指してテーブルをぽんぽん叩けば一緒に食事を取ってくれるのです。

食事の片付けを終えた私は、桶《おけ》を指差し、次にお湯を入れたたらいを示しました。

「お風呂に入りましょう」

ラトくんが立ち上がれない間は布で体を拭《ふ》いていましたが、今日は王宮の方に大きめのたらいを用意してもらいました。

彼は私の意図を理解したらしく、服を脱ぎました。その服は、私が作ったものです。簡単ではありますが、余っていた私の服を使って上着とズボンにしました。

余談ですが、トカゲ族には風呂に入る習慣がありません。いえ、中には浴槽を設置している家もありますし、王宮にも一応あります。ただトカゲにとって湿度は大敵らしく、毎日入るものではないのです。数週間に一度ほど。これを知った時は衝撃でした。

庶民の我《わ》が家には風呂などという高級なものはありません。体を布で拭《ふ》くのが精一杯。しかしある日、気がつきました。ぶっちゃけ拭《ふ》かなくても、私の鱗《うろこ》は全然汚れません！　トカゲ族は、自浄作用のある鱗《うろこ》を持つ者が多いようです。

なんということでしょう。それなら素っ裸で歩いたほうが、洗濯物も出ないし効率的じゃありませんか。私は絶対嫌ですけどね。

それはさておき、人間であるラトくんはお風呂に入る必要があります。

彼は促《うなが》されるまま素直にたらいへ入りました。適温を目指して湯を沸かしたのですが、変温動物な私には、いまいちよくわかりません。ただ、ラトくんの表情を見る限り、熱すぎるということはないようです。

私は柔らかい布でラトくんの体を洗いました。入浴後は、彼の体についた水滴を別の布で拭《ふ》き、頭をごしごし乾かします。うーん、ドライヤーが欲しいところです。

「さっぱりしましたね」

優しく話しかけ、桶《おけ》やたらいを片付けようとすると、彼は私を見上げました。トカゲ族としては小柄な私ですが、彼からすると大木のようでしょう。

「どうしました？」

目線を合わせるために屈《かが》み込めば、彼は口を開きます。

「××、××××」

そして、にっこり笑いました。

「――!!」

わ、笑った、笑いましたよ！

この一ヶ月、一度も見たことのなかった笑顔。それは、とても可愛らしい表情でした。

警戒心バリバリだった彼が気を緩めてくれた証拠でしょう！

私は喜びのあまり手にした桶《おけ》を抱きしめました。みし、と桶《おけ》が悲鳴を上げました。おっといけない。

こみ上げてきた感情を抑えながら口を開くと、震えた声が出ました。

「……ありがとうございます、ラトくん」

彼が少しでも私のことを信頼してくれたのならば、本当に嬉しいのです。

人間のいなくなったトカゲの世界で、彼は私にとって唯一の仲間でした。

たとえ、私の姿がトカゲであったとしても。

◆　◇　◆

ラトくんを保護して一ヶ月半。

彼は、室内を歩き回れるようになりました。全快まであと少しでしょう。

またラトくんは、完全に私に慣れてくれたようです。一方で、私以外のすべての者には警戒している様子。今も、出かける準備を終えた私を見上げて、心配そうな表情を浮かべています。一人になるのが不安なのかもしれません。

ついにこの日が来てしまいました。今日、ストーカー王子と食事をするのです。

私は、ラトくんを安心させるように口を開きます。

「大丈夫です、すぐに戻りますからね」

当然のことながら、苦行です。

おそらく私の顔色は最悪でしょう。ラトくんには、トカゲの顔色などわからないでしょうが。

私は、彼に笑顔を向けて部屋を出ました。あ、多分、笑顔もわかりませんよね。トカゲの顔ですもの。

広間に着くと、豪華な食事が用意されてました。

驚いたことに、王子の食事も野菜とリトの肉がメイン。どうやら、私が倒れないように配慮してくれたみたいです。これで毎日一緒に食事ができるね、などと王子が言い出さないことを祈りつつ、食事を始めました。

一刻も早くこの苦行を終わらせるべく、私はもくもくと食事を口に運びます。

「今日も綺麗で鮮《あざ》やかな緑色だね、ノエリア」

「はあ、ありがとうございます」

食事の間に、私を褒《ほ》めてくれるハインツ王子でした。とりあえず愛想笑いを浮かべて王子の言葉を聞き流し、リトの肉と野菜を無理やり喉に流し込みます。そうして目の前の料理をなんとか食べ終え、王子にすぐさま挨拶《あいさつ》し、そそくさと自室へ向かいました。二人で食事ができたことで満足したのか、王子から何か言われることはありませんでした。

ため息をつきながら部屋の扉を開けると、すぐ目の前にラトくんが立っていました。私を待っていてくれたのでしょうか。

「××××」

何か言葉を発して、安心したように彼は笑みを浮かべます。

私の頬は自然と緩みました。

ああ、元気になって良かった。生きていてくれて良かった。

――私を、一人にしないでくれて、良かった。

「お待たせしました、ラトくん」

優しく声をかけると、彼も笑顔で言葉を返してくれます。何を言っているのか全然わかりませんが、その声を聞くだけで、私の胸はほんわか温かくなるのです。

あれ、そういえば……ラトくんの背が、だいぶ伸びたような……


それから、半月ほど経ちました。

ラトくんはしっかりした足取りで歩けるようになったので、これなら外に出ても大丈夫そうです。ずっと部屋にだけいるのは、良くありません。直接太陽の光を浴びたほうが良いですからね。

私は、ラトくんを連れて王宮の中庭を散歩することにしました。

彼と手を繋いで外に出れば、風がふわりと頬を撫《な》でます。彼は警戒した様子で、ぎゅっと私の手を握ってきました。頼りないほど小さなその手は、緑の鱗《うろこ》に覆《おお》われた私の手とは全然違います。

守らなければ、と強く思いました。

ゆっくり中庭を歩いていると、前方から大柄のトカゲが歩いてきました。私はぺこりと頭を下げます。

「ノエリア、久しぶりだな！」

「ガスパール様、先日は野菜をありがとうございました」

「まあ謝罪がわりだ。あのバカ、全然止まらないな」

「ええ、予想はしておりました」

ガスパール様の王子説得活動は、芳《かんば》しくないようです。そのお詫《わ》びだと言って、野菜を融通してくれたり、外の知り合いとの連絡を引き受けたりしてくれるので助かっていますけどね。

時々、軽い口説《くど》き文句を口にしますが、ガスパール様は過剰に押してくることがありません。女慣れしているからこその態度なのかわかりませんが、ありがたい限りです。

ガスパール様は、私と手を繋いだラトくんを見て、目を細めました。

「へえ、それがヒトか。ひょろっとしていて弱そうだな」

彼の評価基準は、強いか弱いかなのでしょう。

ガスパール様がぐっと顔を近づけると、ラトくんの眉間に皺《しわ》が寄りました。

「ガスパール様、威圧しないでください！」

私はラトくんを庇《かば》うように前へ出ます。しかし、ガスパール様は私を押しのけました。

「いいから、ちょっと見せろよ。伝説上の生き物なんて、なかなかお目にかかれないしな」

ラトくんは、完全に警戒態勢です。

やがてガスパール様は、面白そうな表情でラトくんの頭を掴みました。

「ガスパール様！」

「落ち着けって、力は入れてないから」

私の非難の声を流して、彼はラトくんの顔を覗き込みます。

「×××××‼」

ラトくんは何かを叫び、頭に置かれたガスパール様の手を外そうとしますが、びくともしません。

悔しそうに唇を噛《か》むと、ギリリとガスパール様を睨《にら》みました。

「へえ、生意気に。威嚇《いかく》してきたぞ」

楽しげなガスパール様は、そのまま片手でラトくんを持ち上げました。宙に浮いたラトくんの姿を見て、私の怒りが沸点を越えました。

「ガスパール様！　ラトくんに何をするのですか！　二度と口をききませんよ！」

私はラトくんの体を片手で抱き寄せ、ガスパール様の手をぴしりと叩きます。思わぬ場所からの反撃に、ガスパール様は面食らった様子です。

ラトくんを背中に隠し、怒って睨《にら》む私に、ガスパール様は両手を上げて降参しました。

「すまんすまん。悪かった。反応が面白かったから、つい」

「冗談で済ませられることと、そうじゃないことがありますからね！　ラトくんに手を出したら三代先まで祟《たた》りますよ！」

私がラトくんを背中に庇《かば》ったまま怒っていると、ラトくんは私の服をぎゅっと掴み、前へ出ようとしました。私は慌てて彼を制止します。

「待って、駄目です、ラトくん」

ガスパール様は、この国一番の騎士です。

ほんの冗談で相手をしたとしても、ラトくんの骨があっさり折れてしまうくらい強いでしょう。手加減なしで殴られたら、命を落とすかもしれません。私たちトカゲ族と人間は、それほど力に差があるのです。

ガスパール様は、ラトくんを見て呟《つぶや》きました。

「しかし、元気になったな。死にかけてたって王子が言ってたけど、治ったらどうするんだろうな」

「……！」

ドキリ、と心臓が跳ねました。意識の外に出していた不安をつきつけられたような気分です。

私は唇を噛《か》みしめるラトくんに手を差し出し、優しく声をかけました。

「……戻りましょう、ラトくん」

彼はしばらく目を伏せていましたが、やがて私の手を取ってくれました。

ガスパール様に会釈《えしゃく》して、私とラトくんは中庭を後にします。

自室へ向かう最中、私はラトくんの今後について考えていました。

この世界に一人しかいない人間を、トカゲ族はどう扱うのでしょうか。

彼は、ハインツ王子によって王宮に連れてこられました。今は私のもとにいますが、王子が命じれば、すぐにでも引き離されてしまうでしょう。

「……？」

こちらを心配そうに見上げるラトくんに、私はにこりと笑いました。

「大丈夫です、大丈夫ですよ。ラトくんのことは、私が守りますからね」

悪女と言われようと構いません。私はラトくんの安全を確保するために、打てる手はすべて打つことにしました。

「不躾《ぶしつけ》なお願いで恐縮ですが、殿下が見つけたヒトをいただくことはできませんか」

ガスパール様と別れ、ラトくんと自室に戻った後、いつものようにハインツ王子が訪れました。さっそく上目遣いでお願いしたところ、王子は嬉しそうに笑みを浮かべます。

「そこまで喜んでくれるとは思わなかった。元より、あなたにあげようと思っていたんだ。あなたが望むなら、好きにしてくれて構わないよ」

ハインツ王子は、私の傍《そば》に立つラトくんに目を向けます。

ラトくんは私を庇《かば》うように前へ出ましたが、私はその肩をそっと引き戻しました。王子に逆《さか》らってはいけないのですよ、という思いを込めて、首を横に振ります。

「ありがとうございます、殿下。本当に嬉しいです」

私は深々と頭を下げた後、ラトくんに微笑《ほほえ》みかけました。

これで、ラトくんと引き離されることはないでしょう。ホッとしました。

視界の端に、目を細めるハインツ王子が映ります。執着の炎を宿した王子の瞳を、私はできるだけ見ないようにしました。


次に、私はアンドレア閣下を訪ねることにしました。

その日の夕方に、宰相閣下の部屋へ向かいます。心配そうな顔をしたラトくんを一人にはできず、手を繋いで連れていきます。

閣下の部屋の扉をノックすると、彼は快く私たちを招き入れてくれました。

室内は、書類で埋もれています。宰相閣下はやることが山積みのようです。

そんな多忙な彼には申し訳ないのですが、私はさっそく口を開きました。

「閣下、この世界に、もうヒトはいないのでしょうか？　また、ラトくんがどこから来たのかわかりますか？」

「私が知りうる限り、ヒトを見たのははじめてですね。なんなら調べさせましょうか？」

彼は多分、ラトくんになんの興味もないのでしょう。素っ気なく放たれた言葉から、それが明らかに伝わってきました。

私は大きく頷《うなず》いて、宰相閣下に笑いかけました。彼に自然な笑顔を向けたのは、これがはじめてかもしれません。

「お願いします、調べてください。閣下、頼りにしております」

彼は、目を見張ったまま固まってしまいました。

あれ？　と首を傾《かし》げていると、閣下は強張《こわば》った表情でそっぽを向きます。その頬が少し赤いように見えました。

「閣下？」

「――調べておきます。下がりなさい」

顔を背けたまま、手をひらひらと振るアンドレア閣下。

素っ気ない対応のようで、閣下の声は、いつもよりずっと優しいものでした。

私は礼を言ってラトくんの手を握り直すと、部屋に向かいます。

ラトくんは、一体どこから来たのでしょう。他に人間はいるのでしょうか。

もし人間のいる場所がわかれば――彼をそこに帰すことができるはずです。

――しかしアンドレア閣下の綿密な調査にもかかわらず、人間はただの一人も見つかりませんでした。

当のラトくんに尋ねようにも、言葉が通じません。

私はどこへ行くにも彼を連れて歩き、トカゲ族のさまざまな生活習慣や行動を見せました。そうやって、トカゲ族の常識と彼の常識の隙間を埋められるように努めたのです。やがて来る、その日のために。

冷たい風が吹きすさぶある日、私はラトくんを連れて、王宮の一角にある高い塔に上りました。

そしてラトくんを抱き上げ、眼下に広がる王宮周辺の街を見せます。

彼は目を丸くして、周囲を見回しました。トカゲの世界の建物が珍しいのかもしれませんし、こんなに高い場所に登るのがはじめてなのかもしれません。

私はある方角に目を向け、青い屋根を何度も指差しました。その周囲に青い屋根はひとつしかありません。きっと、目印になるはずです。

「あちらの方向と、あの青い屋根を覚えてください」

私の実家とは反対の方角に位置する、その家。私が唯一信頼できる、友人が住む家です。

「いつか私は、あなたの傍《そば》にいられなくなるかもしれませんから」

ラトくんを下ろして微笑《ほほえ》みかけると、彼は不安そうな表情を浮かべます。

「××××?」

「言葉が通じないのは不便ですね。……本当は、あなたを家族のところに帰してあげたいのに」

私は、ラトくんの頬をそっと撫《な》でました。彼は困ったようにこちらを見上げています。

「王宮の外には出られませんからね……私は」

忘れてなどいません。この平穏がいつまでも続かないと。

段々と冷えてきた風が教えてくれます。もうすぐ、冬が来るのです。

そうして冬が終われば、訪れるのは――発情期。

「王宮には武器を持ち込めません」

私の顔は、きっと絶望の色に染まっているでしょう。愛用のなぎ倒しくん（棒）を持ち込んだところで、なぎ倒していい相手でもないのですが。

私はこれまで、あらゆるトカゲの求婚を断ってきました。発情期は、力尽くでもというトカゲがいましたので、そこはホームランしました。トカゲ族の中でも怪力で良かった。

けれど、もしラトくんの命を盾にされたら――

自身とラトくんを守りきる力は、さすがの私にもなさそうです。

私はガスパール様に頼んで、こっそりとヤニスさんに手紙を届けてもらいました。

「ラトくんのことは、お友達に頼んであります。庭師のヤニスさんです」

「……」

「先ほど教えたあの方向の、青い屋根の家に住んでいます。私に何かあったら、振り向かずに逃げてくださいね」

ぽろりと流れた私の涙に、目を見開いたラトくん。

すぐに手を伸ばし、私の涙を拭《ぬぐ》ってくれます。慰《なぐさ》めようとしてくれている仕草に、思わず笑みがこぼれました。

するとラトくんは手を離し、私をじっと見つめました。

ラトくんの成長は予想外に早く……今では十五歳を超えているように見えます。まだ出会って三ヶ月も経ってないのに、不思議なものですね。ヒトと言っても、私の知っている人間とは違うのでしょうか。

そんなに早く大人になってしまったら、長寿のトカゲ族である私は、あなたが死ぬのを看取《みと》ることになってしまう――そんなことを考えて、私はすぐに首を振りました。

いいえ、私たちはそこまで長く一緒にいられないのでした。

「冬になる前に、お別れしましょうね。あなた一人なら、きっと王宮を出られますから」

言葉にすると、心が痛みました。

なぜ、私はトカゲに生まれたのでしょうか。せめて心までトカゲになれたなら、痛むこともなかったでしょうに。

ラトくんのことを思うと不安でたまりません。

ヤニスさんに送った手紙には、事の経緯と、ラトくんを逃がしたい旨《むね》をしたためました。ヤニスさんからは、しぶしぶではありましたが了承の返事をもらっています。もらった手紙はすでに処分し、あとは、どうにかラトくんを彼のもとへと送り届けるだけ。

しかし私は、アンドレア閣下に外出の許可をもらえず、一緒に王宮を出ることができません。

ヤニスさんに手紙を渡してくれているのは、ガスパール様です。けれど彼にラトくんを送り届けてもらうのは、難しいでしょう。言葉はいまだに通じませんし、ラトくんはガスパール様を警戒しています。

ああ、それに――たとえヤニスさんのもとに辿《たど》り着いたとして、ラトくんがヤニスさんを受け入れてくれるかどうかわかりません。

八方塞《はっぽうふさ》がりです。

「どうやって、あなたを無事に逃がしてあげたらいいのでしょう」

伝説の生き物であるラトくん。この世界で、彼にとっての安住の地はあるのでしょうか。

私にとって安住の地がないのと同じように、彼もそうであるならば、私が居場所を作ってあげたかったです。でも時間がありません。

冷たい風が吹く中、私はラトくんと手を繋いで部屋へ戻りました。


それから一週間後。ほんの、一週間。

ラトくんを保護して、三ヶ月が経とうとしていました。

時間がないのはわかっていたのです。

ですが、こんなに早いなんて、ありえないでしょう。

私はラトくんを抱きしめたまま、体の震えを止めることができませんでした。

「ノエリア、開けて」

トントンと私の部屋の扉を叩くのは、ハインツ王子。

いえ、ハインツ王子改めストーカー発情期王子です。発情期を付けただけで、犯罪の気配が驚くほど増しました。

まだ完全に寒くなる前だというのに！

「×××！」

「しっ、静かに」

私は、必死に何かを話すラトくんの口を、そっと手で塞《ふさ》ぎます。


それは今朝のことでした。

私がラトくんと中庭を散歩していると、ハインツ王子を五日ぶりに見かけました。アンドレア閣下より王子は風邪を引いたと聞いていたので、快復したのだと思ったのですが——今考えれば、冬眠をしていたのでしょう。冬眠期間は無防備になります。危険を避けるためにも、王族の冬眠期間はやすやすと口にできないのだと思います。

そんなことなど露《つゆ》ほども考えていなかった私は、ハインツ王子に挨拶《あいさつ》をしようとしました。

その時、私の目に飛び込んできた王子の目の色は、いつもと違うものでした。わずかに赤みがさしていたのです。

あれ、と呟《つぶや》いた次の瞬間、ぞわりと全身に悪寒《おかん》が走ります。

思い出したのです。それは、発情期に入った雄《おす》の目の色でした。

私はすぐさまラトくんの手を引いて自室に戻り、鍵をかけ、扉の前にタンスや荷物やベッドを積み重ねました。このまま春まで籠城《ろうじょう》したいところですが、そういうわけにもいきません。この部屋にある食料だけではラトくんが保《も》たないでしょう。

「ノエリア、開けて」

先ほどから何度も何度も繰り返されている、王子の言葉。ある種のホラーです。怖い。

「殿下、なんのご用ですか！」

扉に近寄るのも怖くて、私は部屋の壁に背中を預けて大声で叫びます。すると、扉の向こう側から不思議そうな声がしました。

「ノエリアに会ったから、挨拶《あいさつ》をしたいだけなんだけど。おかしいかな？」

「普段の殿下でしたら、ここまでしつこくありません！」

私の声は震えていて、ところどころで裏返りました。

ゆるりとした笑い声が扉から聞こえます。完全にホラーでした。

「ノエリア、どうしたんだい？　おかしいよ？」

「おかしいのは殿下です！　か、帰ってください！」

「そうだね、あなたが恋しくて、おかしいのかもしれないね」

「帰って、帰ってください!!」

涙まじりに再度叫ぶと、ハインツ王子は諦めたのか静かな声で言いました。

「……じゃあ、また」

やがて、部屋は沈黙に包まれます。けれど、体の震えは止まりませんでした。

またって、またって……！

「×××！」

その時、心配そうに私の体を揺さぶる小さな手が見えました。ラトくんです。

私は、ハッと正気に戻りました。

そうだ、私は一人ではないのです。一刻も早く彼を逃がさなくては！

私は、慌てて立ち上がりました。そしてベッド脇の鏡台に走り、その上に置いた袋からマントを取り出します。

「ラトくん、これを着て。もし私とはぐれたら、この人のところに行くんですよ」

マントを頭からかぶせると、彼の体はすっぽり隠れました。ラトくんが王宮の外を歩けるように、作っておいたのです。成長の早いラトくんに合わせて大きめに作ったのですが、今の彼にはちょっと大きすぎたようです。けれど、作り直している時間などありません。

私は彼の手に、ヤニスさんの名前と住所が書かれた紙を押しつけます。

マントから顔を覗かせたラトくんは、さすがに緊急事態だとわかったのでしょう。緊張した面持《おももち》で私の服を掴み、何度も同じ言葉を繰り返します。

「ごめんね、ラトくんはトカゲ族の言葉を話せないし、文字を読めないこともわかっています。でも、もう時間がないのです」

「×××!?　××××××！」

彼は、必死に何かを伝えようとしています。けれど私は、この後どうやってラトくんをヤニスさんのもとへ連れていくかを考えるだけで精一杯で、ラトくんの感情を汲《く》み取る余裕がありませんでした。

「ラトくん、お別れです。あなたは生きて……どうか幸せに」

「×××！」

何事かを叫んだラトくんは、私の両手を掴みます。ぎゅっと強く握り、切羽詰《せっぱつ》まったような声で

しょう。

本当は、ラトくんと一緒に逃げ出したい。でも私がいれば、どこまでも王子が追ってくるで
彼のためにできることを、もっとしてあげたかったです。

「ラトくん……」

「×××！」

再度言葉を発しました。手に温かな熱を感じます。


「せめて最後に、話せたら良かったのに」

伝えたかったのは、感謝の気持ち。幸せを祈る気持ち。

ぎゅっと口を引き結んだ彼の頬には、涙が伝っていました。その雫《しずく》を拭《ぬぐ》って、私は微笑《ほほえ》みます。

「大好きですよ」

私がそう言った次の瞬間、ぐらりと目眩《めまい》がしました。

地震でも起こったのかと驚き、周囲を見回します。すると、扉、窓、床、家具、何もかもぐにゃりと歪《ゆが》んでいました。

ラトくんに目を向ければ、真剣に私を見つめています。

繋いだ手は次第に熱くなり、周囲がますます歪《ゆが》んでいきます。何がなんだかわかりません。

「え、え、えええ⁉」

叫びさえ歪《ゆが》んだ空間に呑まれ、私の体はぐらぐら揺れ続けます。

激しい目眩《めまい》に襲《おそ》われる中、ラトくんの手がするりと離れてしまいました。

「ラトくん！」

まるで自分の半身を失ったかのような喪失感に、私は叫び声を上げます。

そうして、視界は真っ白になりました。

◆◇◆

目が覚めたら、異世界でした。

驚いたことに、白い大理石のような床の上に、私はたった一人で転がっていました。

トカゲの王宮内と似たような風景でしたが、間違いなく異世界です。

なぜなら周囲に、たくさんの人がいたのです。こぼれ落ちんばかりに目を見開いた人、鎧《よろい》を着た人、剣を手にした人。

そう、人です。人間なのです。

こんなに人間がいるのですから、私のいたトカゲの世界でないことはまず間違いないでしょう。

私を見た人間は、みな悲鳴を上げたようでした。走って逃げていく者もいますし、剣を向ける者もいます。

ええと、これは確実に化け物扱いですね！

腰が引けつつも剣を向けた男が、私に対して何か叫びます。

「××××××！　×××！」

うん、やっぱり言葉は通じません。

もーやだー、なんで私だけこんなに人生ハードモードなんですか。

屈強《くっきょう》そうな男たちに剣を向けられてその場を逃げると、追い込まれた先は牢屋でした。どうやら誘導されてしまったみたいです。逃げようにも、たくさんの剣と槍《やり》が私のほうを向いています。追い詰めるように剣先を向けられ、仕方なく開いたままの牢の中に入ると、鉄柵の鍵をがちゃんと締められました。そして次の瞬間、剣を持った男たちは、逃げるみたいに牢から離れていきます。

私は牢屋の一角で、がっくりうなだれました。

貞操《ていそう》の危機を切り抜けたかと思えば、今度は生命の危機ですか。

一寸の虫にも五分の魂《たましい》と言いますけどね、トカゲにだって魂《たましい》はあるのですよ。トカゲにも人権を、と叫びたい。弁護士さんを呼んでください、弁護士さんを。

私は、どうしたものかとしっぽを下げました。

ラトくんはどこに行ってしまったのでしょう。トカゲ族の王宮に、一人残されてはいないでしょうか。

ああ、神様、どうか彼が無事でありますように。

私は牢屋で祈りました。

そしてしばらく牢屋で大人しくしていましたが、時間の経過とともに、このまま放置されるのではないかと心配になってきました。

食べられるものがなければ、おそらく自然と眠りに落ち、休眠の状態になるでしょう。とはいえ、一年も二年も食べずに生きていける気はしません。

鉄柵を見つめて逃げ出せる隙間がないか確認していると、ざわざわと騒がしい物音が近づいてきました。

「……！　……×××！」

何やら叫ぶ声がします。

え、あれ？　何かあったのでしょうか。

思わず牢屋の柵から離れて、隅っこへ逃げ出します。その喧噪《けんそう》はどんどん近づいてきて、やがて私のいる牢の前で止まりました。

「×××！　××××××！」

鉄柵の向こう側に現れたのは、小さな男の子でした。年齢は五歳……かそこらでしょうか。

しかし周囲の人間は、幼い彼の周りに跪《ひざまず》きました。

「×××！　×××⁉」

男の子は激怒しているようで、頬が真っ赤になっています。何度も私を指差して、周囲の人間に何か叫んでいました。

あ、あの、まさか、トカゲ人間なんて見苦しいもの見たくないからさっさと殺してしまえ、とかそういうことでしょうか？　それだけは勘弁《かんべん》願います、マジで。

思わず壁際まで後ずさりすると、彼は再び怒鳴り声を上げ、赤髪の男性に手のひらを差し出しました。その男性は、三十歳くらいに見えます。逞《たくま》しい体つきをしていて、腰には剣を差していました。

赤髪の男性は首を横に振り、険《けわ》しい顔で男の子に何かを言っています。

「×××、××××××」

「××××××！　×××！」

言葉がわからないので、なんともしようがありません。私が牢屋の隅で大きな体を小さくしていると、しぶしぶといった様子で、赤髪の男性が鍵のようなものを取り出しました。

あれはおそらく、この牢屋の鍵でしょう。私は思わず身構えます。

もし前世の世界に、トカゲ人間が出現したらどうなるでしょうか。

想像しました。バッドエンドでした。

良い結末など、まったく想像できません。人体実験、あるいは治安維持のために殺されるという不幸な結末一直線です。

カチャリ。

男の子は、赤髪の男性から鍵を受け取るとすぐに牢屋を開けました。

五歳児に殺されるほど弱い体ではないと思いますが、銃や剣を持っていたら、どうなるかわかりません。左右を見回しても、逃げる隙などなさそうです。

警戒する私と同じように、少年の周囲の大人達は、確実に私を警戒して殺気立《さっきだ》っています。

赤髪の男性が、男の子を押しのけるようにして牢屋の中に入ってきました。

「×××！」

男の子は、赤髪の男性を睨《にら》みつけて何か叫びます。しかし、男性は首を横に振りました。

男の子は舌打ちをして、私に何か話しかけてきます。

予想外なことに、幼くはあるものの優しい声でした。周囲の人間に向けていた怒声とは、まったく違います。

「……×××？　××××××？」

「す、すみませんが、言葉がわかりません」

私がそう答えると、彼は赤髪の男性を見上げて何か言いました。

「××××××」

首を横に振る男性でしたが、男の子が一歩も引かないことを見て取ったのか、ため息をつきました。そして後ろにいる別の人達に、何か声をかけはじめます。その間も私に対する警戒は怠《おこた》らず、視界には常に私と男の子を入れているようです。

……あれ？

目の前の男の子の顔をまじまじ見ると、どうもどこか見覚えがあるような……

彼は、別の大人が持って来た小さなコップを受け取り、私に差し出します。

喉が渇いていたので、水なら大歓迎ですが、もし毒薬だったりしたら……

そう思うと、手が出せませんでした。

私は、彼とコップを交互に見つめます。すると男の子は、コップの中の液体を少し飲んで、再び私に差し出しました。毒味を済ませたから大丈夫、と言っているみたいです。

殺気立《さっきだ》つ周りと違って、彼はこちらに敵意を抱いていないように見えます。

私がコップを受け取ろうと手を出した瞬間、赤髪の男性が剣を抜きました。その鋭《するど》い鞘音に、びくりと飛び上がって後ずさった私。けれど後ろは壁だったため、盛大に頭をぶつけてしまいました。

ゴンという大きな音と重なるように、男の子の怒声が響きます。

「痛……！　……あれ、痛くない？」

壁が柔らかいのでしょうか。

思わず振り返って壁を確認すると、壁のほうがえぐれていました。

なんでしょう、この鱗《うろこ》の強靭《きょうじん》さ。クリスタルアーマーか何かなのでしょうか。あるいは、壁が異常に柔らかいとか？

自分の頑丈《がんじょう》さを改めて実感していると、男の子がぺちぺちと私の手を叩いてきました。どうやらコップを渡そうとしているようです。

ああ、水ですね、水。ありがとうございます。

ぺこりと頭を下げてコップを受け取ると、男の子は微笑《ほほえ》みました。

剛胆《ごうたん》です。前世の私でしたら、トカゲ人間に微笑《ほほえ》む度胸も、コップを渡す勇気もありません。彼こそ勇者と呼ばれるべきでしょう。

緊張状態が続いていたので、すっかり喉が渇いていました。一気に水を飲むと、喉が潤《うるお》い、ため息がこぼれます。

「ふう……ありがとうございました」

私がコップを返すと、男の子は笑みを深くしました。

「どういたしまして」

えっ。

ただでさえ丸い私の目は、おそらく今、まん丸になっていることでしょう。

男の子から「どういたしまして」と聞こえた気がしましたが、幻聴でしょうか。

「ダグ、さっさと剣をおさめろ。いい加減にしろよ」

男の子の口から、威厳《いげん》ある幼い声が放たれます。

え、ええ⁉

言葉の意味が理解できている気がします。もしや日本語なのでしょうか？　いや、でもさっきまでわかりませんでしたし……あ、水！　水ですか⁉　魔法の水とかですか？

「陛下、その生き物が安全だと確認できるまで譲れません」

赤髪の男性の言葉も、理解できました。この人がダグさんですか。

……って、陛下？

「俺が世話になった方だ。俺の命の恩人に剣を向けるのは、俺に剣を向けるのと同意だが、そのつもりか⁉」

陛下と呼ばれた男の子の声には怒りが滲《にじ》んでいます。ダグさんは、しぶしぶといった様子で剣を鞘《さや》におさめました。

私は背中をぴったりと壁につけたまま、状況把握に努めました。

変に動いたら、多分切られます。ダグさんは、警戒心というものをまったく緩めていません。

そして先ほどの水のおかげか、言葉が通じるようになりました。ああ、こんなものがトカゲの世界にもあったなら、私もラトくんの言葉がわかったのに！

「！！！」

そう思った瞬間、私は気がつきました。目の前の男の子が、誰に似ているのか。

「ラトくん⁉」

私が叫ぶと、男の子はきょとんとした表情を浮かべました。そう、男の子はラトくんでした。

いえ、ラトくんをもっと幼くした顔立ちですが、利発そうな茶色の瞳も、黒髪も、すべて見覚えがあるものです。

「ラト、という名前ではないが……あなたは、俺のことを世話してくれた方だろう？」

そういえば勝手に名付けた名前だったので、違って当然でした。私は彼をじっと見てため息のようにこぼしました。

「無事だったのですね、良かった……」

彼一人、あの世界に残っていたら……そう考えると不安で仕方ありませんでしたが、杞憂《きゆう》だったようです。私の目の前には、小さなラトくんが、ちゃんといます。凛《りん》とした表情で私を見上げていました。

「俺は、あなたのおかげであの世界で生き延びることができた。……本当に感謝している」

彼は、緑の鱗《うろこ》に覆《おお》われた私の手を取ります。巨大トカゲになんの頓着《とんちゃく》もなく触れる小さな手から、ラトくんのぬくもりが伝わってくる気がしました。

なぜか小さくなっていますが、ラトくんの体には怪我ひとつないみたいです。

ああ、無事で良かった、本当に良かった……

何も言えず首を横に振れば、彼は私の手を引っ張って言います。

「こんなところに押し込めるだなんて、失礼をしたようで申し訳ない。すぐに出よう」

「陛下！」という周囲の叫びを、彼は黙殺《もくさつ》しました。

え、いや、気持ちはすごく嬉しいのですが……元人間からすると、トカゲ人間がその辺を歩いていたら、みんな気が気じゃないのもわかります。

「ラトくん、あの、別にここでもいいですよ。最低限、食べ物だけでもいただければ」

できることなら、時々日光浴はしたいです。そしてできればトイレも欲しいところですが、お風呂はなくとも大丈夫ですし、あとは暇つぶしさえできれば問題ない気がします。

また、さっきから周囲のみなさんがラトくんを陛下と呼んでいますが、この小さなラトくんは、この国の王様なのでしょうか。

もしかして、彼のお父さんは若くして死んでしまったとか？

そんなことを考えながらラトくんを制止すると、彼はありえないとばかりに首を振り、さっさと扉を開け放ちます。

周囲にいた兵士らしき人たちは、私から距離を取るため、猛スピードで後ずさりました。気持ちはよくわかります。

傍《そば》についてきているのは、赤い髪の男性、ダグさんのみでした。

彼も、なかなかの勇気と忠義があるようです。険《けわ》しい表情のままで、いまだに剣から手を離していないのは、ちょっと怖いのですが。

「ダグ、すぐに俺が戻ったと通達しろ。三大臣と宰相を呼んでくれ。戦いはどうなっている？　俺もできるだけ早く向かうから、いなかった間の戦況をまとめておいてくれ」

ダグさんにそんな指示を出し、ラトくんはずんずん進んでいきます。けれど、小さなラトくんの三歩が私の一歩です。私は、ゆっくり周りを見回しながらついていきました。

暗い地下を抜けて階段を上がると、白い壁に囲まれた廊下のような空間に出ました。この建物は、大分広いみたいです。先ほども思いましたが、トカゲの世界の王宮にちょっと似ていました。

ダグさんは私とラトくんを見比べて渋い顔をしましたが、ラトくんに睨《にら》まれ、しぶしぶ足を別の方向へ向けました。

「陛下、気を緩めないでくださいよ！」

「しつこいぞ！　彼がいなかったら、とっくに俺は死んでいたと言っただろうが！　助けた命を、彼が摘むとは思えない！　仮にそうだとしたら、俺もそこまでの人間だったということだ！」

ダグさんに叫び返す、ラトくんの幼い声。

……彼？　えーと、ラトくんが私の性別を誤解している気がします。

いや、そりゃあそうですよね。私も、幼児の頃はトカゲの雌雄《しゆう》なんてわかりませんでした。

ちなみに雄《おす》のトカゲは、ちょっとくすんだ緑色。雌《めす》は鮮《あざ》やかな緑色。なんの役にも立たない、トカゲ族豆知識です。

私はちょこちょこ走るラトくんの後ろをついていきます。彼が大きな扉を開けると、白を基調とした、広くて綺麗な室内が見えました。

彼は部屋の中に入り、私を振り返ります。その目には、深い信頼と優しさの色が宿っていました。

「あんな場所に押し込み、あなたを侮辱《ぶじょく》した失礼をお許しいただきたい。あちらの世界では、本当に世話になった。ここはセントール国。俺は国王のユーリだ。俺のことはあなたの好きに、ラトくんと呼んでくれて構わない。親愛なる隣人の、あなたの名前を聞いてもいいだろうか」

落ち着いた口調の彼の言葉を聞き、私は目を見開きました。

やはり、彼が王様だったのですね。この幼さで国王とは……膝をつこうとした私を制止して、彼は言います。

「恩人に膝をつかせるつもりはない。どうか、そのまま」

いいえ、そう言われても、私のサイズと彼のサイズは、大木とコアラほどに違います。

このままでは、彼の首が疲れてしまうでしょう。

私は、すっとしゃがみ込みました。不敬ですが、膝をつかずに身を縮めるには仕方ありません。

「ノエリアと申します。恩人と言われましても、私は何もしていません。ラトく……いえ、ユーリ様の置かれたあのような境遇を申し訳なく思っています」

そもそも、あのストーカー王子が私に贈ろうなどと思わなければ、ラトくんが王宮に連れてこられることはなかったでしょう。その先、彼が生き延びられたかどうかはわかりませんが。

「ラトくんで構わない。ノエリアか……あちらでも何度か名前を聞いたのだが、言葉が通じなかったからな。そうか、ノエリア。本当にありがとう」

「ええとユーリ様、見てわかるように私はトカゲ族でして、ラトくんと呼ぶわけには……あの、王様としての威厳《いげん》とか、そういうものに影響が出るのでは……」

こんな人外の生き物とニックネームで呼び合うわけにはいかないはずです。

通常であれば、ダグさんのような行動、あるいは全力で逃げ出した兵士たちのような反応が正しいのです。

前世の私も、トカゲ人間に出会ったら泣いて逃げるでしょうからね。

ところが彼は笑いました。五歳児とも思えぬその剛胆《ごうたん》な笑い声に、思わず目を見張りました。

「気にすることはない。俺とて、人間から片足はみ出しているようなものだ」

え、どう見ても上から下まで人間ですが……

私がまじまじ見つめていると、彼は自身の体を見下ろしました。

「幼くなっているだろう？　ノエリアが知っている俺よりは、十歳近く」

「あ、はい」

トカゲの世界で最後に目にしたラトくんは、十五歳ほどだったと思います。ありえないスピードで成長していた気がしますが、目の前の彼は五歳ほどまで小さくなっていました。

「力を使いすぎたせいだ。正直、二人分の異界渡りは、俺の存在ごと消えてなくなってもおかしくないと思ったが。十歳程度で済んだのは幸いだった。しかし、何故《なぜ》だろうな」

彼は不思議そうな表情を浮かべた後、首を横に振りました。そんな大人びた仕草すらよく似合います。

「悪いが、俺はすぐに宰相たちとの会議に入る。時間があまりないので、簡単に説明するが、いいだろうか？」

私が頷《うなず》くと、ラトくんはかいつまんで説明をしてくれました。

大陸で最大の力を持つ国セントール。

セントールの国王は、民から神と崇《あが》められる存在であった。

現国王のユーリは四代目にあたる。先代の三代目の国王は、数百年以上もの間、国を治めた。

何故《なぜ》、一人の王の治世がそれほどまでに長いのか。これは、国王に老衰《ろうすい》というものがないためだ。

この世界の人間は多かれ少なかれ魔力を持って生まれる。そしてセントールの王は魔力に加えて神のような力を持ち、その力を使うと肉体は少しずつ若返る。故《ゆえ》に、力を使い続けている以上、老いて死ぬことがないのだ。逆に巨大な力を一度に解放することで、若返りすぎた結果、存在が消えてしまう危険性はある。

先代の国王は、それ故《ゆえ》に亡くなったという。

セントールの跡継ぎは、血族から選ばれるわけではない。王位は巨大なる力を持つ者に継承される。

普通の子供よりも異様に成長が早く、力の使いすぎにより若返る者は、非常に稀少《きしょう》だ。

先代が亡くなってすぐ、生後間もないながらも大きな力を持つユーリが発見され、王宮で育てられることとなった。下手に力を使い、消え去ってしまっては困るため、周囲には近衛兵を置き、完全に成長するまでは、外界と触れずに育てられた。

やがてすくすく成長したユーリは、帝王学を学ぶこととなる。彼は非常に聡明で、周囲の者たちが目を見張る中、数年もせずにすべての知識を吸収した。

それから臨時で国王の代行をしていた宰相が退き、ユーリが王位を継いでしばらく経った頃。

セントールの周辺は不穏な空気に包まれていた。

巨大な力を持つ王が治めるセントールは豊かな国で、大陸最大の力を誇る。隣国のガズスを筆頭に周辺国は、かねてよりセントールに恐れを抱いていた。隙あらば頂点の座から引きずり下ろそうとしていたものの、セントール国王の力には敵《かな》わない。

そんな中、好機が訪れた。三代目国王が亡くなったのだ。その機に乗じて攻めようとしたガズスだったが、ちょうど他国との争いの最中で、それをおさめた時、国王は四代目に代わっていた。

だが四代目の国王は歴代の王に比べてまだ若く、巨大な力を使わせれば、たやすく存在を消せるのではないか。その時こそ、セントールを攻め落とす絶好の機。

すぐにガズスは周辺国と水面下で同盟を組み、着々と準備を進めてきた。

ある時、セントールに隣国ガズスより使者が訪れる。周辺国をまとめあげたガズスは、セントールに開戦を布告。使者を迎えたユーリと宰相、そして三人の大臣は、やむなくそれを受ける他なかったのだった。

「俺も戦場に立ったのだが……情けないことに初陣《ういじん》で、罠《わな》にかかった。隣国の魔術師との戦いで、大分魔力を使ったところでな。……あの時は、肉体年齢が三十五歳くらいだったかな？」

可愛く小首を傾《かし》げて言いますが、え、ちょっとラトくん。三十五歳って、三十五歳って……⁉

私は三十路《みそじ》を過ぎた異性の風呂を手伝ったということになりますが、いや、うん大丈夫です！

異種族ですもの、セーフです！

「罠《わな》から逃れるため、空間を移動したのだが、何故《なぜ》か異世界に飛んでしまった」

そして魔力は尽き、足りない魔力の代わりに年齢が費《つい》やされ、十歳ほどまで若返ってしまったのだそうです。

魔力がゼロの状態で元の世界に戻る場合は五歳程度の消費で済みますが、もしまた別の世界に迷いこんでしまったら二十五歳ほど年齢が若返り消えてしまいます。安全のために二十五歳を超えるまで体が成長する必要がある……ということで、ラトくんは元の世界へすぐ戻ることができませんでした。

さらには状況を把握しようにも、周囲には人間が誰一人としておらず、トカゲ族に捕まった挙句《あげく》、死にかけたとのことです。ぶ、無事で良かったですねぇ。

うんうん頷《うなず》く私に、ラトくんは深々と頭を下げます。

「そんなわけで、俺が生きているのはノエリアのおかげだ。俺にできることであればなんでもするし、もし元の世界に戻りたければ、異界渡りを試みる。だが、少し待ってくれ。魔力も回復していないし、年をもう少し重ねないと、俺の体は消えてしまう。隣国ガズスとの戦も落ち着かぬ状態だ。往復できるくらいまで体を成長させ、魔力も溜めないと」

トカゲの世界に、戻る。

そのことについて考えると、一瞬で暗い気持ちになります。

王子から逃げ出した私は当然、指名手配されているでしょう。下手をしたら家族がひどい目に遭《あ》っているかもしれませんし、戻れば、私にも厳しい罰が待っているに違いありません。

とはいえ、この世界に残っても、ラトくんに迷惑をかけてしまうでしょうし。

考え込む私に、ラトくんは申し訳なさそうに言いました。

「あなたには、迷惑ばかりかけている。この世界での待遇は俺が保証する……と言いたいところだが、ダグのように、俺を思うが故《ゆえ》に暴走する人間がいるかもしれない。できるだけ傍《そば》にいてあげたいのだが、城内の者に俺の指示を徹底させるまで、ここから出ないほうがいいだろう。……すまない」

「いやいやいや、よくわかります！　私も、こんなトカゲ人間がいたら怖いですもの！　それは普通の反応です！　大丈夫です！」

私は心から人間のみなさんに同意しましたが、ラトくんには気を遣《つか》っていると思われたみたいでした。

しゃがみ込んだ私の手に、小さな手がそっと重ねられます。

「ノエリア、神とあなたの名にかけて約束する。トカゲの世界の牢の中で、死ぬばかりだと思っていた俺の命は、あなたに救われた。異種族の中、たった一人という心細さは、俺も経験したからよくわかる。あの時は、あなたがただ一人、俺の味方だった。今は、俺があなたの味方だ。あなたの敵は俺の敵、あなたの幸せは俺の幸せだ。どんなことでも俺に言ってほしい。俺は命の限り、あなたを守る」

真剣な瞳で告げられた言葉は、じわじわと心に染み入っていきます。

私は、首を横に振りました。

思い返すのは、トカゲの世界で彼を牢屋から連れ出した時のこと。

自室に連れ帰り、彼の眠る姿を見て湧き上がった感情。

トカゲの世界で、私はずっと一人きりでした。トカゲの姿をしていますが、たった一人の異種族だったのです。

でも彼に出会ったあの時、私は一人じゃなくなりました。

私がトカゲ人間として生まれたのも、前世の記憶が消えなかったのも、きっと彼と会うためだったのでしょう。

彼のために、私は私として生まれてきたのです。

いつの間にか、私は泣いていました。

「ラトくん、違います。違うんです」

涙が溢《あふ》れて止まりません。

「私が生きている意味が、やっとわかったのです」

どうしてトカゲなのだろう、どうして人間の心があるのだろうと悩んでいた過去の苦しみが消えていくようでした。

「ノエリア、何故《なぜ》泣く。俺のせいか？」

彼は狼狽《ろうばい》した様子で、私を覗き込みます。

私は何も言えず、精一杯笑って見せましたが、彼に伝わったのかどうか。ラトくんは心配げな表情をこちらに向けています。

残念ですが、トカゲの笑顔なので仕方ありません。

トカゲの世界にやってきた彼を助けた今、おそらく私の役目は終わりました。

この世界で生きることになっても、元の世界に戻ることになっても、私は再び異種族の中の一人となるでしょう。

それでも今、生まれてきて良かったと素直に思えるのは、緑の鱗《うろこ》に覆《おお》われた私の頬に、ラトくんがなんのためらいもなく触れてくれるからです。

そんなラトくんを助けることができたから、嬉しいのです。

「ラトくん」

私の涙を拭《ぬぐ》う小さな手に自分の手を重ねて、私は微笑《ほほえ》みました。

彼はじっと私を見つめます。

その信頼に満ちた綺麗な瞳に映るのは、一匹の大きなトカゲでした。

「私は今、すごく幸せです。悩んでいたことも、苦しかったことも、全部消えてしまうくらいに」

私がトカゲであることは、変えようのない事実。

これから先、悩むことも苦しむこともあるに違いありません。それでも……

この幸せな思いは、決して消えないでしょう。

「同じです、ラトくん。あなたの敵が私の敵で、あなたの幸せは私の幸せなのです」

だから、どうか……あなたの幸せを、私が壊すことがないように。

私は幸せを胸に、心を決めました。

「トカゲの世界に戻ります」

彼は何度か目を瞬《またた》かせた後、私の手を強く握ります。

「もしも今、俺に迷惑をかけないために元の世界に戻ろうと思っているのなら、この世界に残るという選択を考えてはくれないか？　俺の幸せがあなたの幸せだと言うならば、俺の傍《そば》にいてほしい。そう願ってはいけないだろうか。」

「でも、あの、私はトカゲで」

「あちらの世界で、ずっと苦しげなあなたを見ていた。戻りたいというのが本心なら、どんなことをしても叶えよう。ノエリア、それが本当にあなたの本心なら」

「……っ」

一瞬、言葉に詰まりました。

しかし私が戻らなければ、トカゲの家族が罰せられてしまうでしょう。

そう悩む私に、彼は悪戯《いたずら》っぽく笑いました。

「扉も窓も内側から鍵がかかり、あの部屋は密室だった。さらに扉は、たくさんの家具で塞《ふさ》がれている。そんな場所から煙のように消え去ったわけだ。魔法の使えない世界では、神隠しの扱いになるのではないか？」

「っ!!」

言われてみれば、確かに。

あれほどの密室から抜け出すことなど、普通のトカゲにできるはずありません。逃走というより、失踪扱いになりそうです。

では、私はここにいてもいいのでしょうか。

ラトくんの迷惑にならないでしょうか。

視線を向けた先には、微笑《ほほえ》んで頷《うなず》く彼の姿。問いかけるまでもなく、答えを示してくれる彼の笑みに、肩から力が抜けました。

ああ。

神様、ありがとう。

トカゲに生まれ落ちたと気がついた時、主食がアレだと知った時、罵《ののし》り尽くしてすみません。

「決まりだな。ノエリア。これからもよろしく」

ラトくんの笑みに、私も満面の笑みを浮かべます。

ガズス国との戦の最中、セントール城の一室で。

トカゲなわたしと小さなラトくんは、そうしてともに微笑《ほほえ》み合ったのでした。

## 第2章　セントールの王

淀《よど》んだ空気が沈み込むような暗闇の中、俺——ユーリ・セントールはぼんやりと思った。

——ああ、俺はこのまま死ぬんだろう。

目を凝《こ》らすと、牢屋の地面に力なく投げ出された自身の腕が見える。少年のような腕だ。

どうしてこんなことになってしまったのか。

隣国ガズスとの戦争の最中、罠《わな》にはめられ、転移しようとした時だった。

空間が歪《ゆが》むと同時に不可解なほど多くの魔力が失われ、気がつけば、見知らぬ土地にいた。そして恐ろしい化け物たちに周りを囲まれ、捕らえられてしまったのだ。

化け物たちは、俺をどこかに運んでいった。檻《おり》のようなもので囲われ、逃げることもできず荷馬車に揺られる日々。

食事らしきものは与えられたが食べる気にならず、かろうじて水を飲める程度。こんな状況のまま二週間近くが経過し、今日、この冷たい牢屋に放り込まれた。

今の俺には、指先すら動かせる気がしない。魔力は溜まった先から生命維持に使われ、すぐに消えていく。

目の前にある薄汚れた地面を見ているのが辛くて、目を閉《と》じた。

――残してきた民は泣くだろうか。

――俺が死んですぐに、次の王は見つかるだろうか。

――戦は、ガズスとの戦いの行方はどうなってしまうのか。

熱で思考が定まらず、セントールの未来を憂《うれ》いながら、自分の荒い息の音を聞くともなしに聞く。

意識が闇に落ちるその直前、扉の開く音が聞こえた気がした。


目が覚めた時には、ベッドの上だった。

口元に何か突きつけられ、反射的に顔を逸《そ》らそうとする。

冗談じゃない、誰があんなものを食べるか……！

抗《あらが》う俺の耳元で、優しい声が響いた。

「×××、××……」

言葉の意味は理解できなかったが、その声音から必死さが伝わってくる。俺は、目の前のものに焦点を合わせた。

それは、おかしなものには見えなかった。匙《さじ》にのった、病人食のようなもの。少なくとも、この二週間出されたものとは違っている。

「……」

尋ねようと思って口を開いたら、匙《さじ》を口の中に突っ込まれた。

とっさに吐き出そうとしたが、口の中に優しい甘みが広がり、思わずこくりと呑み込んだ。すると、再び匙《さじ》を口元に寄せられる。

思考などほとんど働いていなかった俺は、促《うなが》されるままそれを食べた。そして途中で力尽き、意識が薄れていく。

——視界の端に見えたのは、匙《さじ》を握る異様な色の手だった。

◆　◇　◆

幸か不幸か、俺の命は助かったらしい。

牢から出され、どのくらい経ったのだろう。数日程度だと思うのだが……

ある程度意識がはっきりしてくると、状況が見えてきた。

捕まった時から予想はしていたが、おそらくここは異世界だ。

「×××××？」

目の前のトカゲは、こちらに何か話しかけている。

そう、トカゲだ。

粥《かゆ》らしきものの入った器をこちらに差し出す、巨大化したトカゲ。

最初にこの化け物を見た時は、なんの冗談かと思った。

「……」

黙って器を受け取ると、トカゲは水を持ってきた。ベッド脇のテーブルにコトリと置いて、トカゲは再び何事かを口にする。

なんなんだ、この生き物は！　と叫びたかったが、喉の調子が戻らず声が出ない。

しかし、少なくとも今すぐ殺されることはなさそうだ。

俺は、快復を待つことにした。

自分の小さな手を見る限り……おそらく十歳かそこらまで若返ってしまったらしい。思わぬ異界渡りにより、ほとんど魔力も残っていない。

情けない話だった。

近衛師団長のダグが見たら、「何やってんですか陛下、そんなに小さくなっちゃって」と呆《あき》れたに違いない。そんな彼は今、必死に俺を捜《さが》しているはずだ。

早く戻らねばと焦るものの、元の世界に戻るには、大人しく体を休めて魔力を溜めなければならない。ろくに体も動かせない今、俺にできることなど、ほとんどなかった。

俺は、受け取った食べ物を口に運ぶ。それは、ジャガイモに似た野菜で作られた粥《かゆ》だった。

「××××××」

俺が完食して器を置くと、トカゲは何か喋《しゃべ》り、空《から》になった器を取ろうとする。

「っ!?」

ビクリと体が震えた。一瞬、その硬質な鱗《うろこ》が俺の手に触れたのだ。

トカゲは丸い目で俺の反応を見つめ、首を傾《かし》げてまた何かを喋《しゃべ》った。

わからん。

そもそも、これは言葉なのか。

目の前のトカゲの表情からは、なんの感情も読み取れない。

今までの人生で、トカゲの顔色をうかがったことなどない。よって俺には、どういうつもりでこの巨大トカゲが俺の世話をしているのかわからなかった。

ただ幸いなことに、このトカゲに敵意はなさそうだ。今まで聞いたトカゲたちの中で、声音も一番優しい。

安堵はできないが、絶望的な状況でもないだろう。

警戒だけは、怠《おこた》らないようにしなければ。油断して俺が死んだら、セントールに残した民はどうなる？　こんなところで、死ぬわけにはいかない。

こうして俺は、魔力回復と体の成長をじりじり待つことになった。


それから十日ほどが過ぎた。

相変わらず、俺はトカゲに世話をされている。そのトカゲの様子は、まさに献身的といった感じだった。

俺が目を覚ませば、すぐに水を運んでくる。そして俺を抱き上げて日の光を当て、食事をさせ、体を拭《ふ》き、強張《こわば》った筋肉をほぐすようにマッサージする。だが、怪力すぎて普通に痛い。俺が顔をしかめると手を離すので、他意はないのだろう。

「……なんでそんなに、俺に親切にするんだ？」

太らせて食う気じゃあるまいな、と俺がはじめて言葉を発すると、驚いたのかトカゲは固まった。

じっとその姿を見つめる。トカゲは首を傾《かし》げて口を開いた。

「×××××」

これは、俺の質問に対する答えなのか。そもそもこのトカゲは、こちらの言葉を理解しているのだろうか。わからないことだらけではあるが、あっちもわからないようで首を傾《かし》げている。変に人間じみた仕草をするやつだと思った。

……ああ。

「そうか。人間じみたというより……ここでは、お前たちが人間のようなものなのか」

捕縛《ほばく》された時、周囲には二足歩行する巨大トカゲしかいなかった。

捕らえられて牢に入れられた後も、トカゲ以外の生き物は見ていない。

この世界のトカゲたちは食事もするし会話もするし、おそらく知能もあるのだろう。そうでなければ、人間のように服を着て、建物や家具、日用品を作るはずがない。

目の前のトカゲは再び何事かを話すと、ぽんぽんとベッドの脇を叩いた。

寝ろと言っているのか。

わからないものの、油断はできない。寝首をかかれてはたまらないからな。

睨《にら》むようにそのトカゲの顔を見ると、丸い目を少しだけ細くして、ゆっくりと去っていった。

しっぽがいつもより下がっている。

……いや、そんなわけ、ないよな。

落ち込んだようなトカゲの仕草に、まさかそんなわけがない、と俺は首を横に振った。

よし。多少ではあるが、魔力が回復してきた。

異世界にやってきて一月《ひとつき》ほど、じりじりとしか魔力が回復しなかった。この世界に魔力が少ないことが影響しているのだろう。また、ずっと神経を張り続け、緊張状態にあることも関係しているに違いない。

トカゲは甲斐甲斐《かいがい》しく俺の世話を焼いているが、いつどんな理由でいきなり食い殺されるかもわからない。

さして詳しくはないが、確かトカゲは雑食で、肉も食うはず。

理性的ともいえる仕草をよく見せるが、やはり、トカゲはトカゲだ。油断するわけにはいかない。

そのトカゲは、今日も俺の傍《そば》にいる。

多分、ここはこのトカゲの部屋なのだろう。今は窓を開けて、空気を入れ換えているようだ。

「……」

体調も大分快復してきた。

トカゲのおかげといえばその通りなのだが、正直、なんでトカゲが俺の世話をしてくれるのかわからない。一番納得できる理由は、太らせて食うの一択だ。

――このトカゲの真意を知っておくべきだろう。

トカゲを手招きすると、すぐさまそいつは駆け寄ってきた。巨大な爬虫類《はちゅうるい》が近寄ると、やはり少し怖い。思わず身を引きそうになった。

逃げてどうする。

自分を叱咤《しった》し、思い切って鱗《うろこ》に覆《おお》われた手を取る。硬くてざらりとした感触に息を呑んだが、気を引き締めて、魔法を組み立てた。

「相手の感情を読み取る魔法は確か……これだな」

それは非常に些細《ささい》な魔法だが、相手の感情をかすかに読み取ることが可能で、魔法を解くまで効果は続く。使う魔力はほんのわずかで済むため、今の俺にも使えるだろう。

このトカゲが何を企《たくら》んでいるのか、そこまで知ることはできない。ただ、もし俺を襲《おそ》うつもりなのだとすれば、それくらい察することはできる。

俺の手に魔力が集まり、トカゲの手に移動した。一瞬、魔力が反発するような感覚を覚えた。しかし、すぐ何事もなかったかのようにトカゲに魔力が流れ込んでいく。

トカゲはビクリと手を震わせたが、こちらの手を振り払うことはなかった。

俺の魔法がトカゲに浸透した瞬間、ある感情が伝わってきた。

それは――ひたすら、俺を心配する感情だった。

目の前のトカゲは俺の身を案じ、ただ快復してほしいとだけ祈っていた。

あまりのことに、俺は言葉を失った。

こんなにも心配してくれているというのに、俺は食われる心配ばかりしていた。世話をしてくれたことへの礼すら言っていない。

――なんと浅ましい。トカゲより、よっぽど動物的ではないか！

見上げると、トカゲは……彼は黙って俺を見ていた。

俺が触れている彼の手は緑の鱗《うろこ》に覆《おお》われていて、硬い肌触りだ。おそらく、俺の手など容易に握りつぶすことができる。

……しかし、間違っても彼はそんなことをしないだろう。彼が俺に向けているのは、幼い子供に抱くような、深い慈《いつく》しみの感情だった。

俺は動揺を抑えて頭を横に振り、彼の手を離した。魔力を使ったせいか、くらりと目眩《めまい》がする。倒れ込むように、ベッドに横になった。

「××××××××」

優しく声をかけてくる彼。その瞬間、流れ込んできた彼の温かな感情。

自分の器の小ささ、底の浅さを実感し、胸が苦しくなった。

早く言わなくては。彼に、お礼と謝罪を――

襲《おそ》いくる睡魔《すいま》に抗《あらが》おうとしたが、数秒もしないうちに眠りに引き込まれてしまった。


しばらくして目が覚めた時、やはり彼はそこにいた。

俺が目を開けけば、彼は温かい眼差《まなざ》しを向けてくる。俺が起き上がれば、彼は心配そうな表情を浮かべる。

俺の一挙一動に注目し、ただこちらの身を案じてくれている。彼はトカゲながらも俺に親愛の情を抱いているようだった。

何故《なぜ》、俺にそんな感情を抱いているのだろう。理由はわからない。わからないけれど――

「――すまない、ありがとう」

起き上がってそう伝えたのだが、彼には伝わらなかったらしい。丸い目をこちらに向けて、首を傾《かし》げている。

――二度と彼を疑うまい。

俺は心の内で誓った。

己《おの》が命だけを心配し、相手を警戒していた俺。種族が違うから、爬虫類《はちゅうるい》だからと軽んじ、彼に理性がないと決めつけ、食われる心配ばかりしていた。なんと情けない。

しかし彼は、そんな恩知らずな俺に、ただひたすら情をかけてくれた。

今もなお伝わってくる、優しい感情が胸を打つ。

彼はただ穏やかに、俺を見つめていた。

◆◇◆

彼に保護されて、二ヶ月ほど経ったある日。

「どうしたんだ、大丈夫なのか？」

彼がやけに不安そうな気配を漂《ただよ》わせているので、心配になり、思わず声をかけた。

「××××××」

彼は何かを喋《しゃべ》り、何度か首を横に振った。そして、とぼとぼと部屋の扉に向かう。

一体どうしたのだろう。

ついていこうとしたら、彼は振り返り、俺の頭を優しく撫《な》でた。そして俺の体の向きをくるりと反転させ、背中をぽんと叩く。

ついてくるなということらしい。

トカゲの表情はわからないが、彼からは憂鬱《ゆううつ》な感情が伝わってくる。

ついていきたい気持ちと、大人しくしていなければという気持ちで揺れた。しかし、下手に動いて彼に迷惑をかけるわけにはいかない。

彼を見送った後はじっとしていられず、ぐるぐる部屋の中を歩き回り、最後に扉の前を陣取った。彼が戻ってきたら、すぐわかるように。

「――親鳥を待つ雛《ひな》か、俺は」

つい苦笑が漏《も》れる。

肉体は幼くなっているが、中身はとっくに三十路《みそじ》を超えている。

情けない真似をしていることは重々承知だ。ただ、彼が不安そうにしているのを見ると、落ち着いてはいられなかった。

この世界で信頼できるのは、彼だけだった。

窓の外や扉の前で、度々、他のトカゲを目にする。そのトカゲたちの視線は、彼が俺に向けるものとは明らかに違っていた。

檻《おり》の中の動物を見るかのような、好奇と蔑《さげす》み、そして憐憫《れんびん》。お前は珍しい生き物で、自分たちとはまったく違うと。

他のトカゲたちの視線は、言外《げんがい》にそう言っているみたいに見えた。

だが、彼は違う。彼だけは俺を慈《いつく》しみ、優しい眼差《まなざ》しを向けてくれる。

なぜ彼は憂鬱《ゆううつ》そうにしていたのか。どんな問題が起こっているのか。

「大丈夫なのか……？」

想像もつかない。

異種族故《ゆえ》に、常識や文化さえもわからないのだから。

もし彼がひどい目に遭《あ》う可能性があっても、この世界の知識がない俺には、感知できない。せめて言葉が通じれば、と心底思う。

セントールには、初代国王が作ったという神の水がある。これを用いれば、言葉を理解し合うことができるのに。

大昔、初代国王は神の世界から降りて来て、セントールを建国したらしい。そして人々に神の水を分け与え、言語の異なる幾多の民族をまとめあげたという。やがてセントールの地を拡大していき、一大国家を築き上げたのだ。

それから数千年が経った今、神の水は、宝物庫にわずかに残っているのみである。

あの水さえ、手元にあれば……そんなことを考えていると、彼が戻ってきた。

扉を開けた彼は、俺を見た瞬間、驚いたように固まった。

どこにも怪我はなさそうで、俺はほっとする。

「無事でよかった」

思わず笑顔でそう言うと、彼のまとう気配が柔らかくなった気がした。彼の温かな感情が伝わってくる。

一瞬、言葉が通じたのかと錯覚した。

「×××××」

やはり何を言っているのかわからないが、彼は優しく声をかけてくる。

「あなたが無事帰ってきたことを、神に感謝する」

いつ、どこで、失われるか、わからない。

こんな風に不安なまま待つくらいなら、彼の行くところには、できるだけついていこう。そして、彼の命が危機にさらされた時には……

「あなたの命は俺が守る」

彼がいなかったら、俺はきっとあの牢屋で死んでいた。

「俺の命は、あなたに救われたものだから――」

魔力の回復はさほどではないにしろ、体はおそらく三歳ほど成長しただろう。

異界渡りにはまだまだ足りないが、彼のためにできることが何かあるかもしれない。

俺の言葉に、彼が笑った気がした。

残念ながらトカゲの表情の変化はさっぱりわからなかったが、彼の優しさが伝わってきて、俺の心も温かくなった。

◆　◇　◆

異世界にやってきて、三ヶ月近くが過ぎた。

焦る気持ちとは裏腹に、俺の体は遅々《ちち》として成長しない。ようやく十五歳くらいになった。

冷たい風が吹き荒《すさ》んでいたその日、彼は俺を連れて、高い塔に上った。

最上階に着くと、彼は俺を抱き上げ、建物の外を見せてくれる。

元の世界とさほど変わらぬ光景が広がっていた。もちろん、建物の雰囲気や色合いは違う。しかし、立ち並ぶ民家は、人間の暮らす家と遜色《そんしょく》がなかった。

そして、見渡す限り、トカゲの種族の姿しか見当たらなかった。

人間が、いない。

それは、想像していた以上に俺を不安にした。

その不安を煽《あお》るかのように、彼から憂鬱《ゆううつ》な気配が伝わってくる。

彼は何度もある方向を指差し、俺に何か伝えているみたいだった。

彼の指し示す方向には、何があるのか。俺には理解できず、ただ彼の様子をじっと見守った。

やがて彼は俺を地面に下ろし、頭を撫《な》でた。

「××××××」

その声は低く、憂《うれ》いを帯びている。

「一体、これから何が起こるんだ？」

尋ねても通じないことはわかっていたが、思わず彼に問いかけた。

「×××××××××」

何かを口にした後、彼の目からぽろぽろりと涙が流れた。

「っ⁉」

泣くのか、トカゲも。

俺は、はじめて目にした彼の涙に狼狽《ろうばい》した。

手を伸ばして涙を拭《ぬぐ》うも、彼の心は暗く沈んだままだった。

俺は自分の無力さに、歯噛みする。

先日も、似たような気持ちになった。

大柄なトカゲに頭を掴まれた際、彼に庇《かば》われたのだ。

俺は、守られてばっかりだ。本当は、俺が守りたいのに。

「××××××」

彼は、ぽつりぽつりと何かを呟《つぶや》く。その声音から伝わってくる絶望と苦しみに、俺は胸が締めつけられる思いだった。

「どうしたら、あなたを救ってあげられるんだ」

彼はじっとこちらを見つめ、心配そうな気配を漂《ただよ》わせた。

ちくしょう、と叫びたかった。

心配されてばかり、守られてばかりで――

多分、彼から見た俺は弱くて貧相で、信頼に足るものではないのだろう。

だから、彼の不安を拭《ぬぐ》ってあげられない。

冷たい風が吹く中、彼はそっと手を差し出した。俺がその手を強く握ると、彼はゆっくり歩き出す。

魔力も、体の成長も、まだ足りていない。

それでも、早くセントールに戻らなければ――

だが、命の恩人をこのままにしておけないとも思う。

どちらの気持ちも同じくらい強く、俺の胸の内に渦巻《うずま》いていた。


塔に上った日から一週間ほどして、事件は起こった。

一緒に中庭を散歩していた彼は、あるトカゲに遭遇《そうぐう》した後、様子がおかしくなった。急に俺の手をぎゅっと掴み、逃げるように部屋へ戻った。

そして扉に鍵をかけ、あらゆる家具でそこを塞《ふさ》いだのだ。

部屋の隅で、彼はすがりつくみたいに俺を抱きしめている。

扉の外からは、先ほどよりずっとノックの音が響いていた。時折、誰かが何かを言っているのもわかる。

混乱、恐怖、絶望。

それらの感情がぐるぐる回って、彼の心を支配していた。

俺は、震える彼の体を抱きしめるように手を回す。すると、彼の震えが少しだけ止まった。

「×××……」

彼の口からは、ひたすら怯《おび》えた声が漏《も》れる。

「何が、一体何が起こったんだ？　あなたは何をそんなに恐れているんだ!?」

しかし、その疑問を遮《さえぎ》るように、彼の手が俺の口を覆《おお》った。

「×××！」

彼が扉に向かって何やら叫ぶと、外からも声が上がる。

彼の腕の中、息を殺してなりゆきを見守っていると、やがて扉の外は静かになった。

その途端《とたん》、彼は立ち上がり、ベッド脇の鏡台へ足早に向かった。そして上に置かれていた袋から大きなマントを取り出し、俺の頭に被せてくる。

彼から伝わってくる感情は、混乱と俺に対する心配、憂《うれ》い、絶望――それらはやがて諦めに辿《たど》り着いた。

俺は目を見開き、必死に彼にすがった。

「――駄目だ！　頼むから、やめてくれ！」

彼は、死を覚悟していた。

「それなら、俺とともに行こう！」

彼にとっては異国の地である。しかし、この世界にいて死を覚悟せねばならないなら、俺の世界に逃げてほしい。

今の魔力では、二人で異界を渡れないだろう。だから、この命を捧げてもいい。

彼の手をぎゅっと掴むと、俺は異界渡りの魔法を組み立てた。

その巨大な魔法は、俺の魔力を喰《く》らい尽くしていく。足りない分には、年齢を注《そそ》ぎ込んだ。

——力を使い尽くし、俺の存在が消え去ってしまっても構わない。

俺は繋いだ手を強く握りしめる。

硬い鱗《うろこ》に覆《おお》われた彼の手は、俺の手と全然違う。

でも、俺をずっと守ってくれた手だ。

「俺とともに、セントールへ行こう」

俺の言葉に、彼は俺の頬を撫《な》で——微笑《ほほえ》んだ。

トカゲの表情なんてわからないはずだった。でも、彼は確かに微笑《ほほえ》んだ。言葉が通じていなくても構わない。俺は、それを了承の合図として魔法を発動させた。

俺と彼がセントールへ辿《たど》り着けるよう、全身全霊を込めて。

「××××××」

彼の静かな声は、魔法が発動した次の瞬間、驚きの叫びとなった。そして空間の歪《ゆが》みに引っ張られるように、するりと彼の手が離れてしまう。

「っ！」

名前を呼ぼうにも、彼の名がわからない。伸ばした手は空を掴み、揺らぐ視界の果てに、彼の姿は消えてしまった。

◆　◇　◆

気がつくと、地面に倒れていた。

トカゲの世界に行った時とまったく同じ状況だと気づき、俺は飛び起きた。あの時は、巨大トカゲを見て呆然としている間に捕まってしまったのだ。

「……命は、ある、のか」

自分の手に目を落とすと、かつてない小ささだった。これは、何歳だろうか。いや、生きているだけマシだと思おう。

「彼は……」

左右を見回してみるが、誰もいない。

ただ、見覚えのある場所だった。そう、セントール城の中庭だ。

魔法はきちんと発動したようだ。これで戦争中の隣国ガズスなどに飛ばされていたら、目もあてられない。

彼に被せられたマントをずるずる引きずって歩き回るが、中庭には誰の姿もなかった。

彼がどこにもいない。

「まさか、置いてきてしまったのか⁉」

愕然《がくぜん》として、胸元をぎゅっと掴む。不安に、胸が締めつけられる思いだった。

死をも覚悟していた恩人を見捨ててこの世界へ戻ってきたのならば、俺には生きている価値などない。

再び異界渡りを試みたほうがいいか悩みはじめたところで、後ろから声がかかった。

「……陛下⁉」

聞き覚えのある声だった。

振り返ると、赤毛の男が、呆《あき》れの中に安堵を滲《にじ》ませた表情で立っていた。

ダグラス・ジェラール。セントール近衛師団の団長であり、俺の友人でもある。

「何やってんですか、陛下。そんなに小さくなっちゃって」

予想通りの言葉に苦笑したが、嬉しかった。

「心配をかけてすまなかったな、ダグ」

「全然、心配なんかしてませんけどね。陛下のことですから、どっかで生きてると思ってましたし」

負け惜しみのように言う彼に、思わず笑みがこぼれる。

「しっかしまあ……陛下、鏡を見ます？　笑えるくらい小さいですよ」

「いらん」

自分の手の小ささを見たら、ある程度予想できる。これは幼児と呼べるレベルだ。

無事戻ってはこられたものの、これではガズスとの戦にしばらく参戦できないだろう。

いや、それよりもまず聞かなければいけないことがあった。

「ダグ、この近辺に、トカゲを大きくしたような人が現れたという報告はないか？」

彼の居場所を調べなければならない。この世界にいるのなら、おそらく大騒ぎになっているはず。

ダグは、きょとんとして答えた。

「……早耳ですね。先ほど、そういう生き物が捕まったみたいですよ。それで俺が呼ばれたわけでして」

「っ、どこにいる⁉」

思わず叫ぶと、ダグはさらに目を丸くして、城内へ続く道を指差した。

「はぁ……地下牢に入れてあるって聞いてますけど」

脳裏に、トカゲの世界で牢屋に入れられた時の光景が浮かぶ。

湿気《しけ》ったかび臭《くさ》い空間。儚《はかな》く揺らぐ蝋燭《ろうそく》の炎。死を待つだけの、絶望の記憶。

俺は声を上げることすらできず、駆け出した。

彼がかつての自分と同じような場所に押し込められていることに、胸がひどく痛んだ。

彼は剣と槍《やり》で脅《おど》され、牢の中に入れられたらしい。なんと痛ましい。

ほの暗い牢の中は、どれほど不安だろうか。早く出してあげなければ。

「陛下、お待ちを！」

「化け物がおります、危険ですから！」

叫ぶ兵士たちを押しのけて、俺は牢へ辿《たど》り着いた。

そこには、彼がいた。怯《おび》えているのか、隅の壁に背を預けてこちらを見つめている。

感情を読み取る魔法が解けてしまっているようで正確にはわからないが、不安げな様子の彼を見て、俺はダグに言った。

「鍵をかせ」

「はあ!?　だ、駄目ですって陛下！　危ないでしょう！」

ダグが首を横に振るが、それには構わず手を差し出す。

「いいから！　早く出せ」

彼が無事であったことにほっとしたが、このままでは彼を一層怯《おび》えさせてしまう。俺はダグを睨《にら》みつけて叫んだ。

「早く出せ！　彼は敵でも化け物でもない、俺を助けてくれた恩人だ！」

「お、恩人って！　人じゃないでしょう、陛下」

恩トカゲ……？　いや、どちらでもいい。そんなものは、ただの呼称に過ぎない。

「彼に受けた恩を忘れたら、俺は人として生きていけない。出せ、ダグ！」

「陛下……」

譲る気のない俺の様子に、しぶしぶといった感じで、顔を歪《ゆが》めたダグが牢の鍵を取り出した。

すぐさま鍵を開けるが、俺を押しのけるようにして、先にダグが牢屋へ入る。

「どういうつもりだ！」

「俺もね、何かあったら困るんですよ、陛下。あなたに死なれたくないんでね」

俺と彼の間に立って、飄々《ひょうひょう》としながらも油断なく彼を見ているダグだが、これ以上言ったところで無駄だとわかる。

ダグが俺を案じる気持ちは、彼が俺に向ける親愛の情と同じようなものだからだ。

俺は、改めて彼に向き直った。

「……無事か？　怪我はなかったか？」

彼に声をかけると、彼は首を傾《かし》げて答えた。

「××××××××」

そこで、ハッとする。そういえば、言葉が通じないんだった。彼をここから出すことばかりに気を取られて、すっかり忘れていた。

「ダグ、神水を持ってきてくれ」

「陛下ぁ……あれがどれほど貴重なものかご存じでしょうが。それでも、ですか」

呆《あき》れたような声でそう言うが、俺の目を見て諦めたらしい。

やれやれとため息をつき、ダグは後ろにいた部下に指示を出す。

しばらくすると、神水を入れたコップを兵士が持ってきた。

俺はそれを彼に差し出すが、警戒している様子で、手に取ろうとしない。

今さらながら、俺はある事実に気がつく。

ここは、彼にとって異世界だ。この世界に、おそらく彼の種族は彼一人しかいない。

彼が俺たちを警戒するのは当然で、かつて俺が彼らに対して感じていたのと同じくらいに、彼は孤独を感じているのだろう。

彼を案じるあまり、逃がすことばかり考えて、明確な了承を得られないまま異世界に引き込んでしまった。

重ね重ねの浅慮《せんりょ》である。彼にも申し訳ないことをした。

もし彼が元の世界に戻りたいというのであれば、しばらく時間はかかるものの、送り出すことができるだろう。彼の意思を確認したい。

そのためにも、この水を飲んでもらわなければ。

俺は、毒味としてコップに口をつける。そして再びそれを差し出すと、彼はおずおず手を伸ばした。

鱗《うろこ》に覆《おお》われた手に、ダグがびくりと反応して剣を抜き放つ。鞘音に驚いた彼が、頭を盛大に壁にぶつけた。

「ダグ！」

俺の怒声に、ダグは「しまった」という顔をする。しかし、剣をおさめようとはしなかった。

俺は舌打ちし、彼に再び近寄った。そしてその手に、神の水を渡す。

ぺこりと頭を下げて受け取る彼の仕草に、つい笑みがこぼれた。

彼は一気にそれを飲み干すと、ため息をついた。

「ふう……ありがとうございます」

はじめて彼が口にしたセントール語は、ゆったりとした、優しい声で紡《つむ》がれた。

言葉が通じ、心から安堵して俺は笑った。

「どういたしまして」

次の瞬間、彼の丸い目が、さらにまん丸になった。


彼の名はノエリアというらしい。

その後の話し合いで、彼はこの城に残ることになった。

残ってもいいんだと理解した時、彼はホッとしたように微笑《ほほえ》んだ。

その時、俺はずっと、彼に笑ってほしかったんだと気づいた。

「戻りたくないのに、どうして戻るなんて言ったんだ？　ノエリア」

俺の問いかけに、彼は困ったように言う。

「ラトくんに、迷惑をかけたくなかったんです」

俺は、そんな言葉をかけてもらえるほど価値はない。浅ましい人間だ。

改めてかつての態度を謝ると、彼は慌てて首を横に振った。そして再び笑う。

「そんなの当たり前ですよ！　私だって、トカゲ人間なんて怖いもの見たら泣き叫びますもの」

「それは鏡を見る度に大変だな、ノエリア」

俺が笑うと、彼も笑う。

いつの間にか、俺にはノエリアの表情がなんとなくわかるようになっていた。言葉が通じる分、明確に感情も伝わってくるのだろうか。

言葉が通じるようになった彼は、予想以上に聡明で、予想通りに心優しいことがわかった。

種族の違いや、彼が人でないことは、見ただけでわかる。理解している。

その上で、俺は思うのだ。彼に恥じることのない人間でありたいと。

俺が元の世界に戻り、一週間ほどが過ぎた。

隣国との戦争の対応をしたり魔力を回復させせたり、やらなければいけないことはたくさんある。

さらに、異世界から突然ノエリアを連れてきたことに、方々から反発があった。

特に近衛師団長のダグは俺を心配し、さんざん「トカゲに騙《だま》されている、正気に戻ってください」と説得をしてきた。

俺を心配するみなの気持ちは、悪意となってノエリアに向かう。

彼に負担がかかっていないか、辛いことはないか、心配で仕方ない。

しかし、ノエリアは笑みを浮かべて言う。

「感謝してますよ。ラトくんのおかげで、私はここにいられます」

「ノエリア、俺はあなたの良き隣人でいられているか？」

トカゲの種族から引き離し、彼をこの世界に連れてきた俺。

たった一人の彼の友として、俺に不足はないだろうか。

彼をうかがうと、丸い目がさらに丸くなった。

「本気で言っているんですか？　ラトくん、言ったじゃないですか」

彼はむくれたような顔をして、そっぽを向いた。子供っぽい一面を見せる彼が続けた言葉は、以前にも聞いたものだった。

「私は、ラトくんのために生まれてきたようなものですから。ラトくんが幸せなら、私も幸せなんですよ」

ふふふっと笑う彼を見つめ、俺は首を傾《かし》げた。

違う、と思う。

彼が俺のために生まれたわけではなく――俺が彼のために生まれたんじゃないだろうか？

今考えれば、不思議なことが多かった。

ガズスの罠《わな》から逃げる時、何故《なぜ》、組んだ覚えもない異界渡りの魔法が発動したのか。

本来、自分のいるべき世界とは別の場所に行く際、かなりの魔力を消費する。俺がトカゲの世界に行った時に費《つい》やしたのは、魔力すべてと、肉体年齢二十五歳分の力。

戻る時にはもっと少なくて済むのだが、ノエリアを連れてくるとなると、話は変わる。俺の魔力をすべて使い、さらに三十歳分ほどの力を差し出して、ようやく成功すると見ていた。つまり俺は消え去ってしまってもおかしくなかったのだ。

しかし、驚くほど代償は少なかった。二人分の異界渡りの代償は、たったの十歳程度で済んだ。

この世界は、彼を拒絶しなかった。

まるでノエリアが「人間の世界」で暮らすことが当然であるかのように。

だから、俺はこう考えている。

俺がノエリアに会ったのも、彼が俺に会ったのも、必然だったのではないかと。

そしてその必然に、俺は感謝している。

トカゲの姿をした、親愛なる友に出会えたことを。

余談だが、ノエリアが『彼』ではなく『彼女』だと知るのは、これからずっと先——また別の話である。

# 第3章　王宮と孤立

大陸の中央に位置するセントール平野を含め、広大な地域を支配しているセントール王国。

初代国王は神のような力を有していたといい、伝説的な存在として名高い。彼は、かつてこの地を支配していた狂王《きょうおう》を倒し、数多《あまた》の民族をひとつにまとめて大陸最大の国セントールを築き上げ、千年以上もの長きにわたって世を治めた。

やがてセントールの平穏が見慣れたものとなった頃、初代国王は神の国へ旅立ったと言われている。

以来、セントールでは世襲制を用いず、神の力を持つ者が王の座につくこととなった。

現在の国王は四代目――ユーリ・セントールである。

先日起こった隣国ガズスとの戦で、一時は命を落としたという噂も流れたが、無事セントールへ戻ってきた。

……一匹の巨大なトカゲを連れて。

◆　◇　◆

綺麗に整えられた室内、豪華な調度品、柔らかなベッド。

私に用意されたその部屋は、重要なお客様をもてなすための客間のようです。

私はふわふわのベッドにちょこんと座り、考えごとの真っ最中です。

「えー……『第一回トカゲ族が怖くないとわかってもらおう会議』」

なお、会議の参加者は私だけ。いわゆるぼっちです。

この広い室内には私一人しかいません。

セントール王国へやってきて、三日ほど。私がトカゲの国で保護した男の子は、なんとセントールの王様でした。

はじめは「ユーリ様」と呼ぶべく頑張ったのですが、結局、お言葉に甘えて「ラトくん」と呼ばせてもらうことに。今ではすっかりこの名前に慣れてしまったみたいです。

そのラトくんは、帰国した途端《とたん》、宰相や大臣との会議、赤毛の近衛師団長ダグさんとの打ち合わせで大忙しの様子。

忙しい合間を縫《ぬ》って顔を見せてくれますが、いつもラトくんと一緒にいるダグさんの警戒心は常にマックスです。何しろラトくんに一歩近づくだけで、「寄らば斬《き》る」とばかりに剣の鞘《さや》に手が伸びます。もはや警戒というレベルを超えていますね！

困ったことがあればいつでも連絡をしてくれ、とラトくんは言ってくれました。彼は私に数人の侍女をつけてくれたのですが、彼女たちは、用事が済むと脱兎《だっと》のごとく出ていってしまいます。話しかけようとしても、引きつった笑みを浮かべて固まるばかり。

そもそも巨大トカゲに声をかけられる、なんてありえない状況なので、彼女たちの気持ちはとってもわかるのです。……が。

「このままでは、やはりラトくんに迷惑をかけてしまいそうです。心配をかけない程度に、最低限、周囲と仲良くやっていきたいのですよねぇ」

『周囲と……仲良く？　え、ちょっと無理じゃないですかね』

『まず、巨大トカゲが出現したという状況を周囲が受け入れられるかどうか』

『いっそ着ぐるみを着るのはどうでしょうか！』

『それです！　ありかもしれません！』

『問題が！　材料はどこから手にいれるべきでしょうか』

『うぬぬ……ラトくんにお願いしてみましょうか』

『しかしラトくんに心配をかけるわけには』

『ならば侍女さんに聞いてみますか？』

……などと、脳内会議で自身と意見を交わし合います。

大丈夫です、精神は無事です。

着ぐるみという脳内会議の結果に従っていいのか不安はありましたが、とりあえず、やってみないことには、何もはじまりません。

ベッドの脇に置かれた金色の手鈴は、「用事があればいつでもお呼びください」と侍女さんが置いていったものです。

その時の彼女の顔が引きつっていたことはひとまず忘れて、鈴に手を伸ばします。

侍女さんたちが控《ひか》えているのは、私がいる客間の隣の部屋。扉で直接繋がった、控《ひか》えの間です。

私は、手にした鈴をそっと鳴らしました。

チリン、チリン——

涼しげな音が響いてしばらくすると、ノックの音がして侍女のカエサが現れました。今日も彼女は、長い黒髪を綺麗に編み込んでまとめています。

「お呼びでしょうか、ノエリア様」

微笑《ほほえ》みながら私の傍《そば》に控《ひか》える、綺麗な顔立ちのカエサ。

彼女は動揺を表に出さないタイプのようで、私を前にしても表情を変えない、唯一の侍女さんです。

「ええと、カエサ。大きな布、それに針と糸を用意してもらってもいいでしょうか?」

私が尋ねると、カエサはやんわりと問い返しました。

「ノエリア様、失礼ですが、それらを何に使われるご予定でしょうか?」

「ちょっと縫《ぬ》い物をしたいのです」

「……」

少し沈黙した後、カエサは笑みを崩さずに言いました。

「私の一存では、すぐにお答えすることができません。侍女頭に確認してまいります」

「よろしくお願いします」

失礼いたします、と礼をして出ていくカエサ。

残された私は椅子に座り直し、ため息をこぼします。

「……やっぱり、無理ですかねぇ」

十分後、部屋に戻ってきたカエサは礼儀正しくお辞儀《じぎ》をして、予想通りの言葉を口にしました。

「お客様のお手を煩わせるわけにはまいりません。よろしければお針子《はりこ》を連れてまいります」

プロのお針子《はりこ》さんに着ぐるみ制作をお願いしていいものか……そもそも巨大トカゲを前に、正気で採寸ができるのか……そんな疑問がぐるぐると頭をめぐり、結局「いえ、やっぱり大丈夫です」と遠慮するしかありませんでした。

カエサは、どこかホッとした表情で戻っていきます。

「うむむ……」

彼女の背中を見送った私は、椅子に座ったまま頭を抱えました。

やはり、なんというか、その——

セントールでは、国王であるラトくんの「客人」——正確には「客トカゲ」——として扱われている私。

けれど、裏でこっそり囁《ささや》かれている私の呼び名は「王を誑《たぶら》かした怪《あや》しい化け物」。

うん、怪《あや》しい化け物扱いに、ちょっと納得してしまう私がいます。

トカゲの国で言うならば、王子が半魚人を客として連れ帰ってきたようなものでしょうか。『王子がご乱心だ！』と王宮中に激震が走りそうな展開です。……『王子はもとからご乱心です』と突っ込みたいところですが。

私は、緑の鱗《うろこ》に覆《おお》われた自分の手を見て、そっと息を吐きました。

ある日突然、トカゲの王国にやってきたラトくん。捕獲され、牢の中で衰弱《すいじゃく》していた彼は、そんな自分を保護した私に、強い恩義を感じているようでした。

でも、本当に感謝しているのは私のほうなのです。

トカゲの王国で、私は『王子様の嫁候補』という存在でした。候補とはいえ王子に嫁《とつ》ぐ以外に選択肢のなかった私ですが、ラトくんのおかげで、どうにか逃げ切ることができました。それも、二度と縁はないだろうと思っていた、人のいる世界へ。

私を助けてくれたラトくんに、迷惑をかけたくありません。

トカゲの世界に戻るべきか、と思ったりもしました。

ただ、王子に見つかった場合を考えると、間違いなくバッドエンドです。暗転です。

トカゲたちの中に魔法を使えるものはいませんでした。王子もまた魔法を使えないのです。もし使えたら「魔法で追いかけてきたよ、ノエリア」と笑みを浮かべる王子が出現するでしょう。完全なるストーカー事件です。怖い。

トカゲの王子様や宰相閣下、騎士団長に愛されながらも、トカゲの世界にまったく馴染《なじ》めなかった私。そんな私は、この世界においても完全に異質な存在です。

まぁ、ぶっちゃけ予想はしていました。

人間の世界に巨大なトカゲが現れたらどうなるか。どう考えても、ＹＯＵ　ＫＩＬＬ状態です。

東京に巨大怪獣《かいじゅう》が襲来《しゅうらい》したようなものですね。

なのにラトくんは、「彼は自分にとって大事な存在だ。俺と同じように接してくれ」と巨大トカゲを擁護《ようご》したものですから「うちの陛下がおかしくなった！　なんか呪《のろ》いにかかってる‼」となるのも当然です。

呪《のろ》いなんてかけていないのですが、ダグさんをはじめとしたみなさんは、私を警戒して毎日ピリピリしています。

そのため、私が「この世界のことを知りたい」とか「暇つぶしに何かが欲しい」とお願いしても、侍女さんたちはやんわりと全却下。ラトくんへの呪《のろ》いに繋がる可能性のある行為は、すべて封じるつもりみたいです。うむむむ。

そしてどうやら、それはラトくんにも伝わっているようで……

――コンコン。

私が考え込んでいると、ノックの音が聞こえました。音がしたのは、カエサたちのいる控《ひか》えの間ではなく、廊下に繋がる扉です。

「はい、どうぞ」

「失礼する。ノエリア、今いいか？」

そう言って現れたのは、利発そうな雰囲気を醸《かも》し出す五歳の男の子――ラトくんでした。柔らかな黒髪に、整った顔立ち、幼いながらも凛《りん》とした声には威厳《いげん》があり、その微笑《ほほえ》みには優しさと信頼が含まれています。

一方、ラトくんの後ろには赤毛の男性ダグさんが控《ひか》えていました。優しさと信頼とは無縁な鋭《するど》い視線をこちらに向けています。ＹＯＵ　ＫＩＬＬ状態です。

「ラトくん、忙しいのではないのですか？　大丈夫ですか？」

部屋に迎え入れつつ問いかけると、ラトくんは微笑《ほほえ》んで首を横に振りました。

「ああ、ちょうど会議で一息ついたところだからな。ノエリアが不自由をしていないか心配で、様子を見に来たんだ」

ラトくんが椅子に腰を落ち着けた時、控《ひか》えの間に繋がる扉からノックの音がして、カエサたちが現れました。すぐにラトくんのために、飲み物の用意をはじめます。

私も手伝おうとしたところ、やんわり拒否されました。今までは、どちらかというと飲み物を用意するほうだったのですが「陛下の大事なお客様ですから、どうぞ座ってお待ちください」とのことです。

私は大人しく座り直すと、ラトくんに笑みを向けました。

「ありがとうございます。特に不自由していませんから、大丈夫ですよ」

「そうか。侍女達も問題ないか？　何か困ったことは？」

紅茶の用意をしていたカエサは、一瞬、手を止めてこちらを見つめます。私は笑みを浮かべて、首を横に振りました。

「もちろんないですよ。侍女さん達はよくしてくれています」

「……そうか」

カエサは、紅茶の用意を再開しました。コポコポと、紅茶を淹《い》れる音だけが響きます。

ラトくんは視線をカエサに向けて、優しい声で言いました。

「ノエリアの世話をしてくれて、感謝する。彼に不便をかけないように頼む」

紅茶を淹《い》れ終えた彼女は深々と頭を下げ、「陛下の仰《おお》せのとおりに」と感情を殺した声で返します。そしてラトくんと私の前に、紅茶のカップを置いてくれました。

私は紅茶を一口飲みつつ、ラトくんの背後をちらりとうかがいます。

刺さる、うん、刺さりますよ。

その視線がナイフだったら、今の私は串刺《くしざ》し状態でしょう。

ラトくんの後ろに控《ひか》えているのは、私の一挙一動に注意を払っているダグさんです。

「ダグさん、紅茶はいかがですか」

「いえ、結構」

尋ねてみたものの、瞬殺《しゅんさつ》でした。

いかがですかという言葉に被せるようにして、冷たく返されました。

近いうちに、『第二回トカゲ族が怖くないとわかってもらおう会議』が必要ですね。いや、『第一回トカゲ族は魔法も呪《のろ》いも使えませんよ会議』のほうがいいでしょうか。

「ダグ」

ダグさんに非難の視線を向けるラトくん。その視線を受けて、ダグさんは首を横に振ります。

「トカゲのいる部屋には近寄ってほしくないと申し上げたはずですが、陛下」

「友の部屋に行くことの何が悪い。お前たちが心配をしているのはわかる。だが俺は俺のままだ。

以前と少しも変わっていない。だから、ノエリアを変に疑うのはよせ」

「心を侵食する魔法をかけられたものは、みな『自分は普通だ』と言いますよ、陛下」

「セントールの王であるこの俺が、そんな魔法にかかると思っているのか？　ダグ」

二人の間に、ぴりぴりとした空気が漂《ただよ》います。

私は慌てて言いました。

「お、落ち着いてください、お二人とも。ラトくんも、私のことはしばらく放っておいてくれて、大丈夫ですからね」

「ノエリア」

「私に配慮して、ラトくんの立場が悪くなるのは悲しいです」

私の言葉に、ラトくんは眉根を寄せて言いました。

「俺は、あなたにそんな配慮をさせていることのほうが嫌だ」

「大丈夫ですって。いつかわかっていただけるかもしれませんし」

わかっていただけない可能性も高いですけどね！　という言葉は心の内にとどめました。

納得していない表情のラトくんでしたが、私の顔を見ると小さくため息をついて、微笑《ほほえ》みました。

「……少なくともあと二週間ほど、俺は王城にいる。その間は、できるだけ暇を見つけてここにくるから」

ラトくんの言葉に、ダグさんはまたも渋い顔をしました。

私は、なぜ二週間？　と聞き返そうとしてハッとします。

「隣国と戦争中だと言っていましたものね」

「ああ。俺は二週間ほど魔力を溜めて、どうにか年齢と魔力を引き上げてから戦地に向かう予定だ。さすがにここまで小さいと、何かあった時、力を使いすぎて消えてしまうかもしれないからな。とはいえ、ダグまで城にとどまる理由はない。早く戦地に向かうべきだと言っているんだが……」

ラトくんがダグさんに呆《あき》れたような表情を向けると、ダグさんは低い声で言いました。

「戦況はやや押され気味でしたが、陛下の無事を伝えたところ、持ち直したそうですし。俺は近衛師団長として、陛下が戦地に向かうまでお傍《そば》にいるつもりでしてね」

「ダグと俺が二人とも城にいたら、兵士の士気だって、いつまでも保《も》たないだろう。だからこそ、俺を捜《さが》しつつ、可能な限り戦場に戻っていたんじゃないのか、ダグ」

「怪《あや》しいトカゲの傍《そば》に、陛下を残していきたくないんですよ」

「トカゲじゃない。ノエリアだ」

またも一触即発の空気になりかけたので、私はまぁまぁと話しかけました。

「……ええと、ダグさん。もしラトくんと私を二人で残すのが不安なのでしたら、ダグさんと私の二人で、先に戦地へ向かうのはいかがでしょう？　一応、トカゲ族の中でも腕力はあるほうですよ」

小柄ながらも腕力だけは雄《おす》のトカゲ以上だったようで、今まで力負けしたことはありません。発情期の雄《おす》を次から次へと打ち飛ばしていた過去の記憶が蘇《よみがえ》ります。本当に大変でした。

しかし、二人は私の言葉に目を剝《む》きました。

「ばっ……ノエリアを外に出すなんて、危ないだろう！　どんな目に遭《あ》うことか！　反対だ！」

「巨大トカゲなんかを連れて歩けと⁉　冗談じゃない！　一般兵が全力で逃げるわ！」

双方から大反対でした。しょぼんとしっぽが下がります。

「いい手だと思うんですけどねぇ……。ラトくんは、魔力が回復するまで王城でゆっくりできますし、ダグさんは私とラトくんを二人きりにしないで済みます。私も、少しくらいはお役に立てますよ」

どんな役に立てるかはわかりませんが、荷物運びくらいはできるはずです。問題は、トカゲを連れて歩く羽目《はめ》になるダグさんの精神力でしょうか。

私の言葉に、ダグさんは少し考え込んだ様子でした。

一方のラトくんは、変わらず断固反対のようです。力強く首を横に振ります。

「ノエリアの存在はこの世界だと異質であり、恐怖の対象になる。戦場では、ちょっとしたことがきっかけで暴走する者もいるんだ。もしノエリアが味方だと言っても、通じない可能性がある。兵たちがパニックを起こして、恐慌《きょうこう》状態になったらどうする？　それでノエリアが傷つけられでもしたら……俺は、兵士も心配だしノエリアも心配だ」

「うぬぬ……やっぱりそうですか」

邪魔をするのは本意ではないので、私は頷《うなず》きました。ところが、そこにダグさんの声が響きます。

「……では、俺の部隊でそのトカゲを預かりましょうか」

「ダグ！」

「へ？」

きょとんとする私に、ダグさんは視線を向けます。

「陛下の役に立ちたいって言ったな？　その言葉に二言はないか？」

こちらに向いた鋭《するど》い眼差《まなざ》しの中に、挑発のような光が宿ります。

私は笑みを浮かべました。

あの地下牢でラトくんを見つけた時から、私の心は決まっています。

「二言はありませんよ。ラトくんの役に立つのなら」

ダグさんは、あっさりと言い切った私に一瞬面食らったみたいですが、言葉を続けました。

「……いいだろう、後悔するなよ」

「しませんよ」

強い意志をもって私とダグさんは視線を交わしました。

ラトくんは、慌てたように立ち上がります。

「ま、待て！　ダグ、ノエリア！　何を言っている！」

「効率的にトカゲが排除できそうだと」

「『第二回トカゲ族が怖くないとわかってもらおう会議』を開催予定です」

「ダグ！　本音が漏《も》れすぎだろう！　ノエリア！　なんの会議だそれは!!」

「まぁ、本音は最初から駄々《だだ》漏《も》れですし」

「私の脳内会議です、ラトくん」

「ああもう!!」

髪の毛を掻《か》きむしるようにして、ラトくんは宣言しました。

「ノエリアが戦地にいくなら、俺も行くからな！」

「陛下はダメです」

「ラトくんは、魔力を回復させるのが先決ですよ」

「そこだけ意見を揃《そろ》えるな！　仲良しか、お前らは!!」

仲良くねーよ、とダグさんの表情が物語っていました。

仲が良くはないんじゃないかなぁ、と私も首を傾《かし》げます。

「とにかく、ノエリアを一人でダグのところに行かせるなんて、俺が許さないからな」

私がラトくんをじっと見つめると、彼は身を強張《こわば》らせます。きっと私の決意を感じ取り、止められないということを察したのでしょう。

「ラトくんが私を守ろうとしてくれていることは、とっても嬉しいのです」

トカゲの世界にいた時、私はあらゆるものからラトくんを守ろうとしました。彼もまた、私に対して同じ気持ちを抱いているのだと思います。けれど……

「ラトくんが私の身を案じているように、セントールのみなさんも、ラトくんを心配しているのだと思います。ラトくんは、私に洗脳されているんじゃないか。ラトくんは、怪《あや》しいトカゲに唆《そそのか》されているんじゃないかって」

「そうじゃないことは、俺が一番知っている。みなもノエリアのことを知れば、おかしな噂はいずれ消えるだろう」

「だからこそなのです」

一生懸命、彼は私を庇《かば》おうとしてくれています。ラトくんが庇《かば》えば庇《かば》うほど、逆効果になっているような気がするのです。

だけど私は人とかけ離れた異形の姿。ラトくんが傍《そば》にいれば、みなさん、私に対して取り繕《つくろ》った態度を取るでしょう。ラトくんが私のことを大事にしていると知っているので、なおさらです」

「けれどそれでは、私は王様を誑《たぶら》かした怪《あや》しいトカゲのまま、変わらないだろうと思います。

「ノエリアとして役に立てることがあるなら、私はどんなことでもやりたいのです」

それからしばらく沈黙が続き、やがてラトくんが口を開きました。

「……俺が守りたいのは、ノエリアの命だけじゃない。心もだ」

握りしめた小さな拳《こぶし》を見つめ、彼はぽつりぽつりと呟《つぶや》きはじめます。

「トカゲの世界に迷い込んだ時……俺はあなたの行動に疑いを持ち、警戒した。あなたが俺を守ろうとしてくれたことに気づかず、食われる心配ばかりしていた。姿形《すがたかたち》が違うからと拒絶した俺の態度に、傷ついたことがあるだろう？」

「……」

違うのです。私は横に首を振りました。

ラトくんの態度に傷ついていたのではありません。人ではない存在に生まれ、人の心を持ちながら人にはなれぬ自分に、悲しみを感じていただけなのです。

けれど、ラトくんは責任を感じているのか、こう言葉を続けました。

「ノエリアにまたそんな思いをさせるのは嫌だ。あなたは、みなの態度を許すだろう。俺は、あなたがどれだけ優しいかを知っている。だからこそ、またノエリアが傷つくのは嫌だ」

優しいのはラトくんのほうです。

私も、ラトくんが大事にしているものを守りたいのです。辛そうな表情を浮かべるラトくんに手を伸ばしかけて、ハッと思いとどまりました。ダグさんが剣の鞘《さや》に手をかけたからです。私はそそくさと手を引っ込めました。

「大丈夫ですよ、ラトくん。トカゲは強いんです」

強くなければ生きてこられませんでした。私は、にっこり笑います。

ラトくんはしばらく沈黙した後、頷《うなず》きました。

「……話はまとまりましたね、陛下」

鋭《するど》い視線を私達に向けていたダグさんは、鞘《さや》から手を離して笑みを浮かべました。さっきラトくんに触れていたら、マジで斬《き》られていたかと。寄らば斬《き》る状態だったのです。怖い。

「じゃあ、今日からお前は俺の預かりってことになる、一応な」

「よろしくお願いします」

私は椅子から立ち上がり、ダグさんの前で頭を下げます。トカゲ族の私より背の高いダグさんは、睨《にら》むようにこちらを見下ろしました。威圧感のある視線でしたが、じっと見返した私に、ダグさんは不敵《ふてき》な笑みを向けます。

「……とりあえず、ついてこい。うちの兵たちに紹介しよう。叫んで逃げ出した奴らは、全員ぶん殴れ」

「マジですか」

トカゲ世界では、愛用のなぎ倒しくん（棒）で何度もホームランを出した私。殴られた人が空を飛びそうで、ちょっと心配です。

しかし、ダグさんは真面目な顔で頷《うなず》きました。

「マジだ。お前程度で逃げ出す奴は、近衛兵として失格だ」

「なるほど、スパルタですねぇ。巨大トカゲに動じない精神を養《やしな》うんですね」

「そんな精神、お前がいなくなれば必要ないがな」

「いやいや。もしかしたら、ラトくんみたいに、トカゲの世界で巨大トカゲに囲まれることがあるかもしれませんし」

「陛下が陥《おちい》った状況に、同情の念を禁じ得ない。お前と出会ったことも含めてな」

「これでも一応、トカゲ族の中では小さいほうなんですけど」

「そういう問題じゃない、アホか」

そんなやりとりをする私達に、不安そうな視線を向けるラトくん。

私は、握った拳《こぶし》を軽く上げて見せました。

「大丈夫ですよ、ラトくん。元気に行ってきますから！」

「……ノエリア。無理だけは、しないでくれよ」

どうにか笑顔のようなものを作ったラトくんに、私は満面の笑みを浮かべました。トカゲの笑顔なので、伝わったかどうかはわかりませんが。

「それでは、行ってきます」

「できるだけ早く魔力を回復させて、追いかける。無事でいてくれ」

私は大きく頷《うなず》き、扉の外に向かったダグさんの後を追いかけます。するとダグさんは、私をちらりと見て言いました。

「……お前、なんで別れ際に陛下を威嚇《いかく》してたんだ?」

笑顔です。もう一度言います、トカゲの笑顔です。

いや、わからないのも仕方ありませんけど!

「ふん、ダグさんには笑ってあげませんから!」

「いらねーよ。結構マジでいらねーよ」

早くも、私たちの間には暗雲《あんうん》が立ち込めているようでした。

◆◇◆

王城の廊下に、カツカツという長靴の音と、タッタッという柔らかな靴音が響きます。

心配そうなラトくんを残し、私はダグさんを追いかけるように早足で歩きました。

広い王城をぐるぐると歩き、広い庭を抜けて、辿《たど》り着いたのは大きな建物でした。その建物には訓練所が併設されているようです。

そこでは、たくさんの兵が訓練を行っていました。

「お帰りなさいませ、団長……えっ!?」

私たちを出迎えてくれたのは、壮年の男性。彼はダグさんに駆け寄ろうとして、ぴたりと動きを止めました。驚いた様子で細い目を見開き、私を見つめています。

彼の視線を独り占めです。

いえ、その場にいたみんなの視線を独り占めでした。主に、恐怖と驚愕《きょうがく》の視線ですけどね。

意外なことに、近衛兵のみなさんは逃げませんでした。

悲鳴を呑み込む音はいくつか聞こえましたが、叫ぶ者は一人もいません。これだけの人数がいて、パニックにならないのは驚きです。すごいというか、なんというか。

おそらく、ダグさんが私の隣に悠然《ゆうぜん》と立っていることも関係しているのでしょう。

みなさんの視線は、動揺しながら私に向いた後、ダグさんに移ります。彼が慌てていないのだからと、こらえる様子が見て取れました。

ダグさんは顔を引きつらせている兵のみなさんを見てひとつ頷《うなず》き、口を開きました。

「ディレフ、新入りの近衛兵だ」

にやりと笑って、私を親指で示すダグさん。

ディレフと呼ばれた細目の男性は、黙って天を仰《あお》ぎました。……すべての感情がそこに込められています。なむなむ。

「ノエリアです。よろしくお願いします」

私が頭を下げると、兵のみなさんがざわめきました。

「おい、喋《しゃべ》ったぞ……！」

「セントール語だと……？」

「お辞儀《じぎ》をする巨大トカゲ……」

「夢に出そうだ……」

今夜、彼らの夢に、お辞儀《じぎ》をする巨大トカゲが出現するかもしれません。悪夢にならないことを祈ります。

彼らのざわめきを抑えるように、手を軽く振るダグさん。

少し静かになったところで、ディレフさんが尋ねます。

「だ、団長……その、本当に……ソレ、うちの団で引き受けるんですか……!?」

引きつった表情の彼に、ダグさんはニヤリと笑って頷《うなず》きました。

「ああ、うちの団の第一大隊に入れる。反対する奴がいるなら、この場で申し出ろ。俺に勝てたら聞いてやる」

ディレフさんを含め、みなさんの顔には「大反対」と書かれています。しかし、口に出して反対する人はいませんでした。彼らが意見を主張するには、拳《こぶし》という名の話し合いが必要なのでしょう。

男の世界は大変そうです。

苦々しい表情のまま、ディレフさんは諦めたような声を漏《も》らしました。

「団長に勝てる者はいませんって……。にしても、団長……第一大隊は精鋭部隊。そのトカ……いや、ノエリア……殿をそこに？」

「ディレフ、トカゲに敬称なんぞいらん。ましてや新米兵士だ、呼び捨てで結構。戦場にも、もちろん連れていく。そもそもトカゲと一緒にいて平常心でいられる奴は、精鋭部隊にしかいないだろう」

「確かに。ただ、うちの隊はまだしも、同時に出兵する他の隊は大丈夫ですかねぇ」

「まぁ顔合わせは必要だな」

ダグさんは腕を組み、「それよりまずは……」と兵たちに命じました。

「模擬刀を持ってこい。他にも、武器をいくつか」

彼の指示に従い、兵のみなさんは剣や槍《やり》、弓などを運んできます。どれも刃先が潰されているので、訓練用の武器なのでしょう。

さっそく訓練をするんですね。模擬訓練を目にするのは、はじめてで、ちょっと楽しみです。

他人事《ひとごと》のように見ていると、ダグさんが模擬刀を投げてよこしました。

私は、慌ててそれをキャッチします。

へ？

「まずは、お手並み拝見だ。お前は、どの程度できるんだ？　実力を確かめさせろ」

なんと。お手並み拝見とは。てっきり第一大隊というところで、荷物運びなどのお手伝い係をするのだと思い込んでいました。これは戦う感じでしょうか。

驚く私に、ダグさんは挑発するような笑みを浮かべます。

「陛下の役に立ちたいと言ったな？　戦えない奴なんぞいらん。それが異形の輩《やから》なら、なおさらだ。戦わないならそれでもいい。この城を出て、どこへでも行け」

「やります」

即答すると、ダグさんはニヤリと笑いました。獲物が罠《わな》にかかったと思ったのでしょう。

挑発なのは、わかっていました。でも私にだって譲れないものはあるのです。

「ラトくんのことを大事に思っているのは、ダグさんだけじゃないんですからね」

手にした模擬刀を強く握りしめ、私はダグさんを睨《にら》みながら言い放ちました。

ラトくんは、私にとっても大切な人です。

ダグさんはそれをまったく信じていません。

仕方ないのかもしれません。ダグさんにとって、私は怪《あや》しい化け物なのですから。

ただ、私がラトくんに向ける想いまで否定してほしくない。だからちょっとだけ意地を張りました。

私の言葉を鼻で笑い、ダグさんは口を開きます。

「まずは、その呼び方だ。陛下を変な名前で呼ぶのはよせ。負けたら、改めろよ。陛下のことは陛下、俺のことは団長だからな」

私は頷《うなず》きつつも、考えます。

もし呼び方を変えたら、ラトくんは悲しむでしょう。彼は、私がこの世界でありのままに暮らしてほしいと思っているようでした。

私は、力強く宣言しました。

「負けませんよ」

「はん、終わってからほざけ」

そうして、ダグさんは剣を構えます。

彼が持っているのは、刃先を潰した長剣。

しっかりと筋肉のついた体躯《たいく》を持つ彼に、長剣は馴染《なじ》んで見えました。幾度となく剣を振り、幾度となく命を奪った人の、自信と覚悟に満ちた姿です。

私は口を引き結ぶと、手に持った模擬刀を構え……構え……あれ？

「……オイ」

ダグさんが半眼で私を睨《にら》みました。

手にした模造刀の柄《つか》が、何故《なぜ》だかボロリと崩れてしまったのです。え？　ええ？

「なんで柄《つか》が壊れんだよ……お前、武器なしで戦う気か？」

私は慌てて首を横に振りました。

「徒手空拳《としゅくうけん》は学んだことがありません!!　おかわりを！　武器のおかわりをお願いします！」

ダグさんはちょっと気の抜けた様子でガリガリ頭を掻《か》いて、ディレフさんに視線を向けます。

「おい、模擬刀の手入れはちゃんとしてんだろうな？」

「はい、もちろん、毎日しっかりと」

疑われちゃ敵《かな》わんとばかりに、大きく頷《うなず》くディレフさん。ダグさんは訝《いぶか》しげな表情を浮かべつつ、口を開きました。

「まあいいけど……じゃあ、もう一本……って。聞くのを忘れていたが、トカゲ、武器は剣でいいのか？」

「武器ですか……えーと、棒、とかあります？」

「棒？」

器用に片眉を上げたダグさんに、愛用のなぎ倒しくん（棒）を思い出し、私は頷《うなず》きました。

「どちらかというと、棒のほうが手に馴染《なじ》んでいるのです」

「ディレフ」

「はっ」

ダグさんの指示で、ディレフさんが木製の棒を持ってきました。

私は、木目が光る長棒を受け取ります。ただ、なんというかその、申し訳ないのですが……めちゃくちゃ軽くて細いのです。心配になった私は、強度を確かめようとして……

バキッ。

訓練場に、硬いものが割れた音が響きました。

私の手には、二本になった長棒が。増えた、と言い張りたいところですが長さが足りません。

額に青筋《あおすじ》を立てたダグさんは、私に長剣を向けました。

「おい、お前はアレか。武器破壊が趣味なのか？」

「違います違います！　すみません、ホントすみません！」

私は平謝りしました。

違うんです、だって、なんだか軽かったので！　細かったので！

私の必死の言い訳に、ダグさんは青筋《あおすじ》を立てたまま、ディレフさんに命じます。

「……俺の控《ひか》え室から、黒鉄《クロガネ》を持ってこい！」

「え、団長!?　しかし……」

驚くディレフさんに、ダグさんは笑いました。でも目が笑っていないので、笑顔に見えません。

「あれが壊れたら、むしろ賞賛するぞ！　いいから持ってこい！」

しぶしぶといった様子で、ディレフさんは兵を引き連れ、どこかに駆けていきました。やがて彼らは、大きな箱を三人がかりで運んできます。それは、私の身長ほどもある箱でした。

私は、目の前に置かれた箱をまじまじ見つめます。すると、ディレフさんがこっそり囁《ささや》きました。

「……これ、団長の家の家宝なので、絶対、絶対壊さないでくださいね……」

……すさまじいプレッシャーをかけられました。家宝の棒ってなんですか!?

「あのう、ホントに、普通の木の棒でいいんですが……」

「持ってみろ。軽いとは言わせないぞ」

私の訴えをガン無視するダグさん。しょんぼりしっぽが下がりました。

武器を二本も壊した私に、何か言う権利はありませんでしたね……。

おそるおそる箱を開けると、そこには黒く光る鉄の棒がありました。私が片手で握れる程度の太さて、先端と末端には装飾が施《ほどこ》されています。

黒い棒に手を伸ばすと、ダグさんの鋭《するど》い視線が突き刺さりました。

こ、壊しませんよ！　壊さないように気をつけますよ！

棒を持ち上げて右手でくるりと回してみたところ、ちょうどいい感じで、しっくり手に馴染《なじ》みます。重すぎず軽すぎずで、問題なさそうです。素振りをすると重みのある風切《かざき》り音《おん》がします。

さすが家宝！　言っちゃアレですが、めっちゃ高そうですね。

「いい感じの棒ですね。ホントに使って大丈夫ですか……ってあの、どうかしました？」

棒を振り回す私を見て、ダグさんはあんぐりと口を開けています。

ディレフさん、近衛兵のみなさんも、目を見開いていました。目が落ちてしまわないか、心配になるほどです。

ダグさんは、引きつった笑みを浮かべて私に尋ねました。

「……重くないか？」

「これが、ですか？」

私は棒をくるくる右手で回し、放り投げて左手で受け止めました。ずっしりとした感覚はありますが、そこまで重くはありません。

「ちょうどいいくらいです」

「……」

私の言葉にしばし沈黙した後、ダグさんは長剣を鞘《さや》におさめ、「ちょっと貸してみろ」と手を差し出しました。

「はい」と差し出した棒をダグさんは片手で受け取り、慌てて両手で持ちます。

「……」

無言のまま、すっと棒を返されました。

「……腕力と強さは、また別だからな」

「え??」

首を傾《かし》げる私に、ダグさんは再び長剣を抜きます。彼の周囲に、ゆらりと闘気《とうき》が立ち上りました。

「……戦場でもそれを使えるか、試してやる。かかってこい」

私は棒を握り直して頷《うなず》きました。

そうです。戦です。力ある者が生き残る世界。

「武器を取った以上は、迷いません」

戦場に立つことにためらいがないといえば嘘になります。けれど、私はラトくんの傍《そば》にいたい、彼の役に立ちたいのです。

私が棒を構えると、ダグさんは長剣を両手で持ちました。隙など一切なく、トカゲの世界で言うところのガスパール様に似た威圧感があります。

ガスパール様には、「王子を殴って追い返す方法」として長棒の効果的な使い方を教えていただきました。実際殴れるかどうかは別として、筋《すじ》がいいと褒《ほ》められた懐かしい記憶があります。恋しくはありません。

「行きます」

私は地を蹴り上げ、ダグさんの構えた長剣に棒を叩きつけます。彼は長剣を傾《かたむ》け、私の一撃を難なく流しました。剣と棒がぶつかる音が訓練場に響きます。

私は流された棒を左手で持ち直し、そのまま くるりと回転させて追撃《ついげき》しました。ダグさんは身を引いてそれをかわし、まっすぐ突くように剣を伸ばします。

鈍《にぶ》い音が響きました。彼の剣が打ち込まれる直前、私は棒を繰り出してその剣筋《けんすじ》を逸《そ》らし、そして……

ダグさんはぱっと後ろへ飛び、ため息を漏《も》らして言いました。

「……ディレフ、これは武器の管理不足なのか、俺の力不足なのか……あるいはこいつの趣味がやはり武器破壊なのか。どう思う？」

ダグさんの手にしていた長剣は、私の棒に叩きつけられ、刃がパラパラと崩れてしまいました。

食い入るように私たちを見ていたディレフさんは、慌てて首を横に振ります。同時に固唾《かたず》を呑んで様子を見ていた他の人たちも、緊張がとけたかのように息を吐きました。

「その模擬刀は、確かに長く使っておりますが、毎日手入れをしています！」

「あの、私も武器破壊が趣味というわけではないですよ！」

ディレフさんに続けて、私も慌てて主張しました。

ダグさんは、口の端を上げて皮肉っぽく言いました。

「じゃあ、俺の力不足だな。褒《ほ》めるわけじゃないが、このトカゲの打撃が重すぎて、攻撃を流しきれなかった」

「えっへへ。腕力には自信があります」

ぱたぱたとしっぽを振ると、ダグさんはふんと鼻で笑いました。

「ほざけ。その分、防御が甘い。最初の打撃の衝撃で、こちらの踏み込みが弱かっただけのこと。次は鱗《うろこ》ごと突き刺してやるから命はないと思え」

「堂々と殺害宣言!?　ちょっと、今のは、実力検査じゃないんですか？　修羅《しゅら》すぎますよ！」

私が慌てて棒を構えると、ダグさんは肩を竦《すく》めました。

「……だがまぁ、戦を前に戦力を減らしちゃあ困る。これ以上、練習用の武器が減るのもな。あとは、実際に戦場で見せてもらおうか」

およ、と私は首を傾《かし》げます。

少しは戦力として認めてくれたのでしょうか。

ダグさんは、「ただし」と笑みを浮かべます。

「邪魔をしたら、お前ごと切り捨てていく」

どうやら方針を変えたようです。私を戦力として捉《とら》え、役に立たなくなったら切って捨てる、と宣言されてしまいました。

これは、敵にも味方にも気をつけて戦う必要がありそうですね。私は、にこりと笑いました。

「望むところです」

「威嚇《いかく》すんな、団員が怯《おび》えるわ」

「笑顔ですよ‼」

……まったくもって前途多難なようです。


慌ただしく出兵の準備を進め、数日が経ちました。

今日は、近衛師団第一大隊の一部が戦場へ戻る日。

もともと第一大隊の半数は、ディレフさんの指揮の下、王城警護に残っていたとのこと。彼らは、引き続き王城にとどまるようです。残りの半数は戦場に立ち、ダグさんはその一部を連れて、戻ってきていたのだと聞きました。

準備を終えた兵たちはそれぞれ馬に荷物をくくり、剣を身につけ、見送りに来た家族に手を振ります。

「ノエリア」

「ラトくん」

出立《しゅったつ》の直前、ラトくんはすでに鞍《くら》のついた一頭の馬を連れてきました。綺麗な栗毛《くりげ》の立派な馬で、他の馬と比べても一回り以上大きく見えます。

周囲には、鹿毛《かげ》の馬がほとんどで、ラトくんの連れてきた馬は日の光に輝いているかのようでした。

ダグさんが呆《あき》れたようなため息をつきましたが、ラトくんはそれに構わず、言葉を続けます。

「この馬に乗っていくといい。賢くて力強く、戦場でも決して臆《おく》さない勇猛《ゆうもう》な馬だ」

「なんと」

出発準備の際、ダグさんも私に馬をあてがってくれました。ところが、どの馬も私を見ると尻込みして乗せてくれず、どうしたものかと悩んでいたところだったのです。

私の実家は田舎のほうだったため、移動手段には馬を使っていました。よって乗り慣れてはいたのですが、乗せてくれる馬がいないとどうしようもなかったので、ありがたい限りです。

栗毛《くりげ》の馬は、近づいた私にちらりと視線を向けました。そして軽く耳を揺らし、私が触っても堂々としています。

「おお……いい子ですねぇ」

普通の馬は、私が近寄ると「なんだこいつ、コワイ!」と言わんばかりに後ずさります。しかしこの馬はどっしり構えていて、怯《おび》えた素振《そぶ》りも見せません。

鐙《あぶみ》に足をかけてその背に乗ってみたところ、嫌がらず乗せてくれました。馬の首をぽんぽんと叩き、私はラトくんに笑いかけます。

「いい馬ですねぇ、ありがとうございます! 名前はなんと?」

「シェスタ。初代国王が乗っていた名馬の末裔《まつえい》だ。俺もその兄弟馬に乗っているが、そいつは主人の好みがうるさくてな。ダグも振られたんだよな?」

「陛下は、激励に来たんですか? それとも俺を凹《へこ》ませに来たんですか?」

ムッとした表情でダグさんが言うと、ラトくんは笑みを浮かべました。

「どっちもだ。ノエリアとダグを激励するついでに、ダグが何かやらかさないか心配で、釘《くぎ》を刺しに来た。……ただ」

ラトくんは私が手にしている長棒を見て、意味深に笑います。

「その長棒を使いこなすノエリアなら、大丈夫だと信じている」

彼の言葉に、ダグさんは渋い顔をしました。

鈍《にぶ》く黒光りする長棒は、模擬訓練の日、ダグさんが借してくれたもの。彼が「そのまま持っていていい」と言うので、ありがたく使わせてもらっています。

私も、悪戯《いたずら》っぽく笑って棒を掲げました。

「えへへ、ダグさんにもらいました」

「やんねーよ！　うちの家宝だっつったろーが！　アホか!!」

「折らないように気をつけますよ」

「折ったら、マジで殺すからな！」

そんな私たちのやりとりを、ラトくんは笑って眺めます。

「大丈夫だ、ノエリア。それは折れないよ。初代セントール国王が戦で使っていた棒だ」

「初代の国王様が？」

千年以上もの長きにわたりセントールを治めた初代は、武芸に秀《ひい》で、長棒を好んで使っていたのだそうです。そのうちのひとつが、この黒い棒なのだとか。

「ダグの一族は、初代の頃からセントールに仕えてくれているからな。武勲《ぶくん》の報賞にその棒をいただいて、家宝にしたと聞いた。初代は魔力のみならず、武力も相当なものだったらしい。多少荒く使っても、壊れるほど柔《やわ》じゃない。安心して使うといい」

「なるほど」

そんなすごいものを貸してもらえるとは。ありがたいことです。

「ダグさん、ありがとうございます」

「ふん、お前が死んだら、黒鉄だけ回収するからな。くれぐれも敵地のど真ん中では死ぬなよ」

「えへへ、死なないように頑張りますね。ご心配ありがとうございます」

「違ぇよ、心配してねぇよ！　なんだ、このポジティブトカゲは!!」

「アホが！」と吐き捨てて、ダグさんは隊のみなさんのほうへ行ってしまいました。ラトくんと二人残されたわけですが、いいのでしょうか。

私は一度馬から下りると、ラトくんの目線に合わせてしゃがみ込み、笑みを浮かべました。

真剣な彼の目は、じっとこちらを見つめています。

「行ってきます、ラトくん」

「決して死なないと誓ってくれ、ノエリア」

「誓いますよ。ラトくんにも、この世界の神様にも」

彼が目指す平和な世界の実現に手を貸せるなら、トカゲながらも精一杯頑張ります。

「頑張ってきます」

そう言うと、彼は小さく笑みを浮かべて、「神の祝福を」と私の両手に小さな手を重ねました。

ダグさんが先導する一隊は、戦地に向かって進みます。目指すは、隣国ガズスとの国境にある砦《とりで》です。

私はラトくんが貸してくれた馬に乗り、ダグさんの隣を走っていました。

栗毛《くりげ》の馬シェスタは、とても乗りやすい馬で、軽く指示を出すだけで意のままに動いてくれます。

新米兵の私ですから、本来はもっと後ろを走るべきなのですが……ダグさんが私の傍《そば》にいないと、他の兵がソワソワしてしまうのです。

さすがに逃げることはないものの、私の周りに妙な空間ができます。それは、「近寄りたくない」という意識の現れた円形の空間でした。ダグさんが睨《にら》むとなくなりますが、時間の経過とともに、その不思議なサークルは広がっていきます。不思議ですね、うん、泣いてないですよ？

そんなわけで、私はダグさんの隣に配置されました。

軽やかに馬を操《あやつ》るダグさんは、何やら説明をはじめます。

「まず、味方の一般兵は、間違いなくお前の傍《そば》に寄ってこない」

「そんなこと、教えてくれなくていいですよ！　わかってますからね⁉」

先ほども、街道沿いを駆け抜ける際に、通り過ぎた村の人たちは目と口をあんぐり開いて、私を見ていました。それもそのはず、馬に乗る巨大なトカゲなど見たことがなかったのでしょう。

振り返って手でも振ろうかと思いましたが、「余計なことはするなよ⁉」とダグさんに釘《くぎ》を刺されました。なんでばれたのでしょうか、不思議です。

「今、俺たちが向かっているのはナガール砦《とりで》だ。元はセントールの砦《とりで》だったが、陛下が行方不明になった後の戦いで奪われ、現在はガズスの旗が立っている」

憎々《にくにく》しげに吐き捨てるダグさん。

彼曰《いわ》く、ナガールの砦《とりで》は、隣国ガズスとの国境にあるセントールの砦《とりで》だったそうです。

ガズスは、まずこの重要な防衛地を攻略しようとしたとのこと。宣戦布告と同時に、ガズスと周辺国の連合軍は砦《とりで》へと進軍しました。

砦《とりで》には、セントール屈指《くっし》の強さを誇るナガール騎士団が常駐しています。連合軍の攻撃を上手く流し、引いたら追撃《ついげき》し、のらりくらりと応戦していたところ、セントールの援軍よりも先に、ガズスの援軍が押し寄せました。

その援軍の中に一人、特別な人がいたのだそうです。名前はガゼル・シディリア。隣国ガズスで唯一、実戦的な魔法を使う人でした。

「魔法を使える奴はほどほどにいるが、それで戦えるほどの人間がいるかっつったら、まずいない。うちの陛下みたいに、別の空間へ転移したり結界を張ったりできる人間なんて、ほぼ皆無だった。ところが魔術師ガゼルは、ガズス国でも桁外《けたはず》れの魔力の持ち主だ。『魔法兵育成計画』の第一号でもある」

ダグさんの言葉に、私は首を傾《かし》げました。

「魔法兵育成計画？」

「ガズスで行われた、魔法を使いこなせる人間を増やすための計画だ。少しでも魔力を持つ子供は、幼少時に親から引き離され、魔法兵として厳しく育成される」

渋い表情で説明を続けるダグさん。

魔法兵育成計画は、セントールを倒すための政策のひとつだったようです。何十年も前からはじまった計画だったものの、本格的に魔法を使える人間はろくにおらず、失敗ばかり。しかしついに人間離れした魔力の持ち主、ガゼルさんが現れたのだとか。

魔術師ガゼルの主導するガズス援軍は、ナガール騎士団を苦戦に追い込みました。剣や槍《やり》、弓での戦いに慣れていたセントールの兵は、魔法攻撃に翻弄《ほんろう》されたのです。

ガゼルは炎や光の魔法を主に使い、猛攻《もうこう》を受けた砦《とりで》は大きく揺れ、一時は外壁が破壊されそうになりました。

「だが、ガゼルの力も陛下には当然及ばない。セントールの援軍を引きつれて砦《とりで》に到着すると、陛下は結界を張り、ガゼルを迎撃した。すると、奴は姿を消したんだ」

ラトくんは、初陣《ういじん》にもかかわらず、華々しく活躍したそうです。

「ところが、ガゼルには策があったらしい。結界は、ナガール砦《とりで》を半球状に覆《おお》うように張られていた。俺たちはガズス軍に攻撃を受けた正面にばかり気を取られていたが、その逆側で、ガゼルは姿を消したと見せかけて、結界に穴をあけたんだ」

ガゼルがあけたのは小さな穴でしたが、そこから一人、砦《とりで》に忍び込んだのだそうです。それに気づいたラトくんは、すぐさま現場に向かいました。

「穴の付近に、ガゼルの姿はなかった。陛下は結界を塞《ふさ》ぎ直し、魔力の痕跡《こんせき》を辿《たど》ってガゼルの後を追った。俺も、それに続いた」

やがて辿《たど》り着いたのは、砦《とりで》の一室。ラトくんが先に足を踏み入れたものの、それに続こうとしたダグさんが何故《なぜ》か入れず、そして――

「室内で、激しい爆発が起きた」

その後どれだけ探しても、ラトくんは見つからなかったそうです。一方のガゼルは、重傷ながらもガズス陣営で見つかりました。

「なるほど。その時にラトくんは、トカゲの世界に紛れ込んでしまったのですね」

「不幸なことにな」

皮肉な表情で口元を歪《ゆが》めるダグさん。私も心から同意しました。

「目が覚めたら、でっかいトカゲがこんにちはですからねぇ。恐ろしい世界ですよ」

「おま……」

お前が言うな、という言葉を顔に貼りつけ、ダグさんは頭を振ります。

いやいや、私も物心ついた時には、でっかいトカゲにあやされていましたからね。ガラガラを持ったトカゲ（母です）が「よしよし、可愛い子ねぇ」とか言っているわけです。泣き叫びましたよ、そりゃあもう。

「疳《かん》の虫の強い子供だったわ」と言われましたが、そういう問題ではないのです。

呆《あき》れ顔のまま、ダグさんは話を続けました。

「砦《とりで》の結界は、陛下がいなくなっても消えなかった。俺は、陛下がどこかで生きていると信じて探したが三ヶ月もの間、音沙汰がなかった。そして先日、急に結界が消えた」

セントールの兵は絶望したそうです。王は死んだのか、と。

それは、ラトくんがトカゲの世界から戻ってきた瞬間の出来事でした。しかしラトくんの無事を知らない兵たちは血気盛《けっきさか》んなガズス兵の攻撃に耐《た》えきれず、瞬《また》く間に砦《とりで》が制圧され、今ではガズスの旗が立っているのだとか。

「俺はその時、ナガール砦《とりで》にいなかった。陛下を捜《さが》すため、王城に戻っていたんだ。俺の不在が砦《とりで》制圧の一因になったことは、否定しない。だからこそ、何がなんでもナガール砦《とりで》は奪い返す。わかっているな？」

「頑張りますよ」

拳《こぶし》を作った私に、彼はふんと鼻を鳴らします。

「味方にも逃げられそうなトカゲ風情に、何ができるのか。お手並み拝見といこうか」

「うう、が、頑張りますよ！」

その後、私たちは順調に行路を進んでいきました。


休憩を挟みつつ、一定のスピードで駆け続けた私たち。

ダグさんは、砦《とりで》に続く道から少し逸《そ》れた方向に馬を向けました。そこにあったのは、ナガール騎士団と近衛師団の駐屯地《ちゅうとんち》でした。

私はローブのフードを深く被り直します。

駐屯地《ちゅうとんち》にいた兵のみなさんは、疲弊《ひへい》した様子でしたが、ダグさんを見て顔を輝かせました。

「ダグラス殿！」

そう叫んで駆け寄ってきたのは、黒髪に髭《ひげ》をはやした、ナイスミドルな男の人。彼は、ダグさんの馬の脇に跪《ひざまず》きました。

すみません、今さらですが、ダグラスさんという名前だったんですね。ラトくんがダグと呼んでいたので、てっきりダグさんだと思っていました。そういえば、お互い自己紹介さえしていない気がします。さらに私、ダグさんに名前を呼ばれたことがないような……

「ダグさん、ノエリアです。よろしくお願いします」

「いきなりなんだ？　知ってるわ、アホか」

私の挨拶《あいさつ》を一蹴《いっしゅう》し、彼はナイスミドルに向き直りました。ひどい。

髭《ひげ》の男の人は私をちらりと見ましたが、気にした様子はなく、ダグさんに深々と頭を下げました。

「ダグラス殿、お戻りくださってありがとうございます」

「ご苦労だったな、モート副団長。大事はないか？」

「お恥ずかしい限りです……。ナガール《うち》の団長が逃がしてくださったおかげで、奇《く》しくも生きながらえてしまいました」

ナイスミドルなこの男性は、ナガール騎士団の副団長だったようです。

彼は、鋭《するど》い視線を砦《とりで》へ向けました。この駐屯地《ちゅうとんち》からは、砦《とりで》の様子がしっかりわかります。

「私が残り、団長を逃がすつもりだったのですが、団長がこれをダグラス殿に渡すようにと」

そう言って彼が差し出したのは、小さな黒い宝玉でした。

ダグさんは馬から下りて珠《たま》を受け取り、首を傾《かし》げます。

「魔法道具にも見えるが……陛下がいらしたら、見てもらおう」

「ああ、陛下もよくぞご無事で！　噂によると、恐ろしいトカゲの化け物に襲《おそ》われたのだとか。それでもトカゲの一匹を捕虜《ほりょ》にして、戻ってきたと聞いております。さすが陛下！」

「エエエ、捕虜《ほりょ》ですか……」

私が思わず呟《つぶや》くと、モート副団長は訝《いぶか》しげな表情でこちらを見ました。

「あの、ダグラス殿。そのローブを被った方はどなたで？」

怪獣襲来《かいじゅうしゅうらい》、とならないよう、ローブをすっぽり被った私です。両手にも手袋をはめています。見るからに怪《あや》しい人ですが、ローブを脱ぐと、もっと怪《あや》しくなってしまいますからね。

私は、ぺこりと頭を下げました。

「ノエリアです。よろしくお願いします。近衛兵の新米です」

「……」

新米がなぜ団長の傍《そば》に、と思っているのでしょうか。

モート副団長から戸惑いの視線を向けられたダグさんは、苦笑しながら答えました。

「まぁ、いろいろ事情があってな。とりあえず詳細は天幕《てんまく》で話そう。軍議を行うから、各大隊の……肝《きも》の据《す》わった隊長だけ集めてくれ」

「は？　はい、かしこまりました」

モート副団長は首を傾《かし》げつつも頷《うなず》き、陣営から数人の男たちを呼び出します。

私は、ダグさんにこっそり尋ねました。

「私、いつの間に捕虜《ほりょ》になったんですかねぇ」

「一回、牢に閉《と》じ込められていただろう。その時の話が伝わったんじゃないか？」

彼は肩を竦《すく》めて答えると、天幕《てんまく》へ向かって歩き出します。

「ほら、さっさと来い。隊長たちの根性試しを行うぞ」

「肝試《きもだめ》しみたいに言わないでくださいよ。お化けじゃないですからね」

「夜見ても昼見ても恐ろしいんだから、同じようなもんだろうが。昼見たら怖くないだけ、幽霊のほうがマシだな」

「さんざんな言われよう！」

頬を膨《ふく》らませつつ、私は天幕《てんまく》へ向かいます。そしてダグさんの隣に座りました。

他にやってきたのは、近衛師団、ナガール騎士団の隊長たち。なんだあの怪《あや》しいフードの奴は、と問いかけるような視線を私に向けています。

やがて十数人ほど集まると、モート副団長はダグさんに声をかけました。

「ダグラス殿、全員揃《そろ》いました」

「ああ。各隊長らも、ご無事で何より。陛下も無事帰還され、すぐに援軍としていらしてくださる」

ダグさんの告げた言葉に、みんながホッとしたようなため息を漏《も》らしました。

「陛下のご無事は信じていましたが……いや、本当に良かった！」

「ダグラス団長も陛下も戻ってくださった今、ガズスなど恐れるべくもないですな！」

意気揚々《いきようよう》と語り合う彼らに、ダグさんは皮肉な笑みを浮かべます。

「また陛下のご指示により、助《すけ》っ人《と》を一人連れてきた。おそらく、誰もが驚くことだろう。もし諸君らがその助《すけ》っ人《と》を恐れるようならば、戦に出ないでいただいて結構」

ダグさんの挑発的な言葉に、隊長たちは戸惑いの表情を浮かべます。しかし、血気盛《けっきさか》んに叫ぶ者もいました。

「団長！　せっかく陛下が送ってくださった助《すけ》っ人《と》を恐れる者など、近衛師団のどこにおりましょうか！」

「ダグラス殿、ナガール騎士団も同じく。ダグラス殿のお言葉とはいえ、それは侮辱《ぶじょく》にも等しいですぞ」

モート副団長もまた眉をひそめて訴えました。

その反応を満足そうに眺め、私にちらりと視線を向けるダグさん。

あぁ、はいはい。肝試《きもだめ》しのお時間ですね。

「その言葉、忘れないでいただこうか。――ノエリア」

「はい」

みんなの視線が集まる中、私はゆっくりとローブのフードに手をかけ、ぱさりと後ろに下ろしました。続けて手袋も外すと、緑の鱗《うろこ》が洋灯に照らし出されます。

「ノエリアです。新米の近衛兵です。よろしくお願いします」

そう言って、私がぺこりと頭を下げた瞬間――

「ひぃ⁉」

「ぎゃあああああ⁉」

「ば、化け物⁉」

悲鳴や叫び声が上がります。

近くに座っていた者はガタガタ椅子を鳴らして立ち上がり、私から距離を取りました。

やはりですか、うん。

肝試《きもだめ》し——もとい度胸試しは成功したようですが、新米兵士的にはアウトな気がします。

私の左隣に座っていたモート副団長は、かろうじて席から立たずにいたものの、限界まで目を見開いています。その手は、剣の鞘《さや》に伸びていました。

「ダグラス殿……一体、その、それは……⁉」

モート副団長が掠《かす》れた声を漏《も》らします。ダグさんは平然と言いました。

「こいつが自ら述べただろう。助《すけ》っ人《と》の新米兵士だ」

「ト、トカゲの化け物ではないですか！」

悲鳴にも似た彼の言葉に、ニヤニヤと笑うダグさん。なんだかとても楽しそうなのは気のせいでしょうか。

「だから、言っただろう。もし恐れるならば、戦に出ないでいただいて結構、と」

「た、確かにおっしゃっていましたが！　ですが、こんな、こんな……！」

ぱくぱく口を開けたり閉めたりするモート副団長の顔には、こんな化け物と一緒に戦場へ出てたまるか！　という言葉が書かれていました。そんな副団長に、ダグさんは言葉を続けます。

「名高いナガール騎士団であれば、異世界から陛下が連れてきたトカゲ……もとい異界の民をないがしろにしないはずでは？」

「それはもちろん、陛下のご指示であれば……！　陛下の……!?」

モート副団長はハッとした表情を浮かべ、私を指差して叫びます。

「そうか、陛下が捕虜《ほりょ》にして戻ってきたという、トカゲ……!?」

「いえいえ、トカゲは合ってますけど、捕虜《ほりょ》じゃないですよ」

私がにっこり笑うと、席を立っていた隊長たちは、ぎくしゃくした動きで席に戻りました。

みなさんまだ表情は硬いですが、ラトくんが遣《つか》わしたのならば、と受け入れてくれるみたいです。

全員が席についたのを確認し、ダグさんは頷《うなず》きました。口の端を上げて言います。

「結構。セントールの各隊長に、臆病者《おくびょうもの》は一人もいないようだな。安心した」

「と、当然ですとも！」

モート副団長は、引きつった顔で胸を張りました。

ここで私が「わっ」と脅《おど》かしたら、何人が逃げるでしょうか。一瞬そんなことを考えましたが、やった瞬間、ダグさんから拳骨《げんこつ》が飛んでくる気がしたので自重しました。

「また、このトカ……ノエリアは、戦力として期待してくれて構わない。おい、武器を見せてやれ」

「あ、はい」

毎回トカゲと言いかけるダグさんに思うところはありましたが、私は素直に立ち上がり、黒鉄を見せました。鈍《にぶ》く黒光りする長棒に、隊長たちは息を呑みます。

「初代国王の……」

「なんと、あのように軽々と……」

ざわめきを遮《さえぎ》り、ダグさんは言葉を続けます。

「見てのとおり、初代セントール国王の使っていた黒鉄だ。これを片手で振り回せる者など、初代以外にはいなかった。とはいえ、諸君らが警戒する気持ちもわかる。……ということで」

にっこりと微笑《ほほえ》むダグさん。

なんと申し上げましょうか、あれです。悪役の笑顔です。

「一度、ノエリアには戦に出て、どれほどの活躍をしてくれるか見せてもらおうと思っている」

ああ、なるほど。これがハードルを上げるということなのですね。

私は納得して頷《うなず》いたのでした。

◆　◇　◆

セントールとガズスの戦は、かれこれ四ヶ月ほど続いていた。

ガズスの軍は、周辺国との連合軍。数こそ多いものの連携が取れておらず、一糸乱《いっしみだ》れぬ陣を敷くセントール軍と、質の差は明らかだった。

ナガール砦《とりで》に進軍したガズス軍だったが、国外にも名の知れたナガール騎士団の守りは厚い。魔術師ガゼルに翻弄《ほんろう》されているようだったが、セントールの王が引き連れた援軍との合流を許してしまった。

戦況はセントールに有利かと思われた。しかし――

セントールは、神の国とも呼ばれている。国王を中心とした一極集中の国。民はその力を崇《あが》め、絶大な信頼を寄せている。だからこそ、王がいなくなれば一気に士気が下がる。ガズスは、そこにつけ込んだ。

国王が姿を消した後、セントールの兵たちは動揺しながらも耐《た》えていた。しかしナガール砦《とりで》に張られていた結界が消えると、セントール兵は耐《た》えきれず、砦《とりで》はガズスの手に落ちた。

王の反撃を受けた魔術師ガゼルは、一旦ガズスに戻り、治療を受けることとなった。現在、魔力も充分回復したらしく、粘るセントール兵を叩き潰しに、援軍を引き連れて戦場に戻ってくる予定である。残念ながらセントールの国王は帰還したというが、すぐには戦場に戻れない状態にあるようだ。ガズスの有利は、揺るがないだろう。

風はガズス連合軍に吹いている。ガズス軍はそう信じて疑わなかった。


その日、セントール軍はひどく落ち着きがないように見えた。

これを好機と見たガズスの将は、全軍をもって戦うべきだと主張したが、周辺国の将たちは援軍が来るまで待つべきだと反対した。

そこでガズスは、自国の軍だけでも出陣すると宣言。彼らがこの戦に勝てば、ゆくゆくセントールを分割する際、ガズスを中心に土地を振り分けられる。ガズスは、勝利が目の前にあると意気込んでいた。

こうして、戦の火蓋《ひぶた》が切られた。

セントール騎士団のモート副団長は、堅実な戦法を好む。一方、近衛師団のダグラス団長は大胆な策をしかける、油断のできない相手であった。

ところが意外なことに、ダグラス団長はガズス国軍の兵を正面から受け止めた。奇策《きさく》を用いることもなく、淡々と陣地を守っている。セントールの兵たちは奮闘《ふんとう》したが、それでもじりじりと押されていった。

そしてガズスの将が改めて勝利を確信した、その時。

ダグラス団長が視線を向けた先に、セントールの別働隊が現れた。

彼らは、勢いよく横手からガズス軍に襲《おそ》いかかった。その数は、中隊ほどもない百人程度。そのくらいの戦力で何ができるものかと、ガズスの将は笑った。

ところが、セントールの別働隊にしかけられた陣営が一気に崩れ、悲鳴を上げて逃げる者が続出したのだ。

「おい、たった百人程度、何を恐れている！」

そう叫んだガズスの将だったが、それ以上言葉を続けることができなかった。

別働隊の先陣を切るのは、優美な栗毛《くりげ》の馬。そして、その上に乗っていたのは――

「――化け物だ」

震える声でそう呟《つぶや》いたのは、誰だろう。

栗毛《くりげ》の馬にまたがっていたのは、異形の化け物。緑色の鱗《うろこ》に覆《おお》われた、巨大なトカゲであった。

その手には、かつて戦神《いくさがみ》とも呼ばれたセントール初代国王の遺品――黒鉄が握られている。トカゲが腕を一振りすると、人が宙に飛んだ。あり得ない膂力《りょりょく》だ。これは人間の所業ではない。

「戦神《いくさがみ》が復活した。現王を助けるために、黄泉《よみ》の国から戻ってきたのだ」

「呪《のろ》いだ。神の国に逆《さか》らった罰だ」

誰かの呟《つぶや》きは、さざ波のように広がっていった。怯《おび》えは、さらなる怯《おび》えを呼ぶ。

ガズスの隊列は崩れ、我先にと逃げ出す者が続出した。

兵たちの恐怖の声は、黒鉄が風を切る音に紛れていった。

◆　◇　◆

「……ものすごい勢いで逃げられましたよね」

「お前をはじめて見る者にとって、普通の反応だ」

「……味方も、何人か逃げてませんでした？」

「お前が後ろにいたら怖いだろ」

ダグさんの言葉に、釈然《しゃくぜん》としないながらも、私は「なるほど」と頷《うなず》きます。

数日前、初戦を終えた私。

今日は、次の戦に向けての軍議が開かれています。

ナガール砦《とりで》付近の駐屯地《ちゅうとんち》。天幕《てんまく》の中には、私、ダグさん、モート副団長、各隊の隊長たちが集まりました。

はじめはどうなることかと思いましたが、みなさん、少しは私に慣れてくれたみたいです。私が動かなければ、近くにいてもダッシュで逃げられるなんてことはありません。

ガズスの軍のみなさんは一目散に逃げていきましたけどね。

初陣《ういじん》で、私はダグさんの指示どおり、横手からガズス軍に襲《おそ》いかかりました。襲《おそ》いかかってくる巨大トカゲを見た彼らは、あっという間に恐慌《きょうこう》状態に陥《おちい》ったのです。まさに、怪獣襲来《かいじゅうしゅうらい》でした。

その後、撤退《てったい》したガズス軍を深追いせず、ひとまず陣に戻ってきました。

「さすがノエリア殿。陛下の遣《つか》わした助《すけ》っ人《と》なだけありますな」

モート副団長は、微妙に目を逸《そ》らしながら褒《ほ》めてくれます。同意する隊長たちも、視線はみんなあさっての方向。うん、あまり褒《ほ》められている気はしません。

「いやいや、各隊長らがしっかりと部隊を鼓舞《こぶ》してくれたおかげだろう」

そう言って笑うダグさんに、モート副団長は尋ねました。

「しかしあの時、追撃《ついげき》なさらなくてよろしかったのですか？　あの恐慌《きょうこう》状態であれば、完全勝利もたやすかったでしょうに」

「ガズス軍が砦《とりで》の南方に逃げたからな。あのまま追撃《ついげき》をしたら、砦《とりで》の軍に挟撃される恐れもあった。それに、あとは――」

ダグさんが言葉を切った瞬間、天幕《てんまく》の外がざわざわと騒がしくなりました。何事かと耳を澄ませば、歓声のようなものが聞こえます。

ダグさんは、この展開を予想していたのでしょう。

立ち上がって天幕《てんまく》を開き、入り口のすぐ脇に跪《ひざまず》きました。彼が膝を折る相手なんて、ただ一人です。私もぱっと立ち上がりました。歓声とざわめきが近づいてきます。

やがて天幕《てんまく》に現れたのは、十五歳ほどの少年でした。凛《りん》とした瞳をまっすぐこちらに向けた、端整な顔立ちの少年――セントールの国王ラトくんです。

天幕《てんまく》にいた全員が跪《ひざまず》きました。喜びの涙を流す者もいます。

ラトくんはダグさんや隊長たちをゆっくり見回し、最後に私と目を合わせて、ホッとしたような笑みを浮かべました。

「みなの者、ご苦労だった。諸君らが無事で何よりだ」

「陛下……！　申し訳ございません――！」

ナガール砦《とりで》を落とされたことを気に病《や》んでいたのでしょう。ラトくんの前にひれ伏すモート副団長の肩を、ラトくんは宥《なだ》めるように叩きました。

「いや、モート副団長のせいではない。俺が罠《わな》にかかったのが悪い。気にするな、というのも無理かもしれないが、ナガール砦《とりで》は必ず奪い返そう」

「はっ！　命にかえましても！」

深く頭を下げるモート副団長の肩を再度叩き、ラトくんはダグさんを伴《ともな》ってこちらに歩いてきます。そして私の隣の席に腰をかけました。

「みなも席に。軍議を続けよう」

「お早いお着きでしたな、陛下。よっぽど誰かさんが心配だったと見えますね」

からかうようなダグさんの言葉に、ラトくんは片眉を上げて険《けわ》しい表情を浮かべます。

「猛攻《もうこう》をしかけるガズス軍に、不意打ちを食らわせたと聞いたからな。それも、たった百人程度の別動隊で」

「効果的でしたでしょう？」

「報告を受けた直後に、城を出るくらいには。ノエリアに何かあったらどうする？」

にやにや笑うダグさんは、ラトくんの鋭《するど》い視線を気にしていない様子でした。そのせいか、ラトくんの眉はますます吊り上がります。

私はダグさんをフォローするように、口を開きました。

「あの、でも、ダグさんは兵の中でも精鋭をつけてくれましたし、私もみなさんも無事でしたし、大丈夫ですよ」

「ノエリア！　無茶をするなと言っただろう！」

しまった、怒りの矛先《ほこさき》がこっちに来ました。失敗です。

小さくなる私に、ラトくんは釘《くぎ》を刺します。

「どうせダグのことだから、敵が恐慌《きょうこう》状態になればしめたもの、そうでなくとも、敵兵を巻き込んでノエリアが死ねば憂《うれ》いがなくなる――とでも考えていたんだろう。自分の命はちゃんと自分で守ってくれ、ノエリア」

「陛下は、俺の思考を完全にご存じのようで」

ラトくんとダグさんのやりとりを宥《なだ》めるように私は言葉を重ねました。

「まぁまぁ、大丈夫ですって。わかっていましたし」

「ノエリア！」

再び雷《かみなり》が落ちてきます。小さくなりながらも、私は首を横に振りました。

「ダグさんが私を試し続けるなら、それでもいいのです。ラトくんの傍《そば》にいられるように、私は頑張るだけですから」

ラトくんは私の言葉を聞いてため息をついた後、険《けわ》しい表情を緩めました。

「まったく、ノエリアにそう言われては、怒り続けてもいられない。……ダグ、次にノエリアを捨て駒《ごま》にするような真似をしたら許さないからな」

「いやいや。意外と使えるトカゲでして、おかげで俺も黒鉄を回収に行かずに済みました」

じろり、と睨《にら》むラトくんに、ダグさんは両手を上げて降参のポーズを取ります。

その後、ラトくんは改めて軍議の席に目を向けると、モート副団長や隊長たちを労《ねぎら》いました。

「まずは、長いこと行方の知れぬ身となっていたことを詫《わ》びたい。みなには心配をかけたな。セントールを離れている間、民のことを思い出さぬ日は一日もなかった」

隊長たちは、じっとラトくんを見つめました。彼らの潤《うる》んだ瞳には万感《ばんかん》の思いが込められ、いかにラトくんを心配していたか見て取れます。

口の端をわずかに上げてラトくんを見つめているダグさんも、同じことを思っているようでした。その視線には、親しい友の帰還を喜ぶような、親愛の情が溢《あふ》れています。

微笑《ほほえ》ましくて思わずダグさんを眺めていると、私の視線に気づいた彼は、ふいとそっぽを向きました。

ラトくんの帰還を、こんなにも喜ぶ人たちがいる。本当に良かった。

ほんわかした気持ちで、ラトくんに目を向けます。彼もまた私を見て、にこりと微笑《ほほえ》みました。

「こちらで行方知れずになっている間、俺は異世界にいた。いつ死んでもおかしくない状況で、俺が生き残ることができたのは、ひとえに彼がいたからだ」

ざわざわというざわめきとともに、天幕《てんまく》にいるみなさんの視線が私に集まりました。私はぺこりと頭を下げます。

「すでに知っているとは思うが、改めて紹介しよう。異世界の民であり、俺を助けてくれた恩人で、大事な友である、ノエリアだ」

訝《いぶか》しげな表情を浮かべていた皆さんは、ラトくんの言葉を聞いて表情を改めました。ダグさんの説明だけでは、半信半疑だったのでしょう。王の口から事の次第を直接聞いて、ようやく納得できたといった様子でした。

どことなく、天幕《てんまく》の中の空気が和《やわ》らいだ気がします。

もし私の初陣《ういじん》前にラトくんが同じ話をしても、今みたいな反応にはならなかったかもしれません。また「陛下がなんか呪《のろ》いにかかった！」という敵意と猜疑《さいぎ》の視線を向けられたことでしょう。

ともに戦ったからこその変化だと思います。あれですね、同じ釜《かま》の飯を食った仲間、といった感じでしょうか。いえ、食事は基本ぼっちなんですけどね。

「さて、先の戦いは勝利に終わったと聞いている。だが今、援軍とともに魔術師ガゼルがこちらへ向かっているそうだ」

「なんと、魔術師ガゼルが」

ラトくんの言葉に、モート副団長は顔をしかめました。

「彼は俺が押さえる。諸君らは、セントール軍が――俺の民がどれほど強いのか、侵略者たちに教えてやるだけでいい」

威厳《いげん》あるその言葉に、モート副団長や隊長たちは、闘志をみなぎらせて何度も頷《うなず》きました。

「はっ！　陛下がお戻りになった以上、我《わ》が軍に負ける理由などありません！」

「まさに、そのとおりですな。陛下、ダグラス近衛師団長、そして陛下の恩人たるノエリア殿に敵う者など、おりますまい」

「あ、いや、ノエリアは」

何かを言いかけたラトくんを遮《さえぎ》り、私も握った両手を軽く上げてみました。

「えっと、頑張りますね」

「ノエリア……」

止めても無駄だと察したのか、ラトくんはしぶしぶと頷《うなず》きました。

こうして軍議は続き、来《きた》る総力戦――すなわち魔術師ガズスの襲来《しゅうらい》に備えて意見を交わし合い、話し合いが終わった頃には、夜もとっぷり更《ふ》けていたのでした。

◆　◇　◆

「よい、しょっと」

駐屯地《ちゅうとんち》の隅っこに、私は夕食を運んできました。軍議が長引いたので、いつもの夕食よりずいぶん遅い時間です。

現在、セントール軍が拠点としているのは、ナガール砦《とりで》から少し離れたところに位置する村です。村人たちはすでに避難していて、兵たちは村の中に天幕《てんまく》を張って過ごしています。

当初、新米の私は他の兵士がいる天幕《てんまく》の中に、ぽいっと放り込まれました。なんと、これでも一応雌《めす》ですのに。

いやまぁ、トカゲの世界と違って貞操《ていそう》の危機を感じることもないので、全然構わないんですけどね。

しかし、他のみなさんは耐《た》えられなかったようです。「寝て起きたら巨大トカゲが隣にいる恐怖」に怯《おび》え、一人また一人と天幕《てんまく》の外に野営をしはじめたため、私が遠慮することにしました。

今は、寒い時期ではありません。外で過ごしても大丈夫ですし、最悪寒い時期だったとしても、穴を掘って埋まれば眠るのに支障はないでしょう。こういうときはトカゲで良かったと思います。

そんなことを考えて一人、くすりと笑いました。

――トカゲで良かった、と思う日が来るなんて。

私は地面に腰を下ろし、「いただきます」と呟《つぶや》きます。そして黒いパンとスープに手を伸ばしたところで、隣に誰かが座りました。

横を見ると、そこには私と同じように食事を手にした少年の姿。彼は私を見つめて笑みを浮かべます。

「ノエリア、遅い夕食だな。俺も一緒に食事を取っていいか？」

「もちろんです、ラトくん」

彼はパンやスープ、果物などを載せた盆を地面に置き、果物を半分取り分けてくれました。桃に似た丸い果物で、私の好物でもあります。ありがたくいただくことにしました。

「二人で食べるのは、久しぶりだな」

「そうですねぇ」

私はふとトカゲの世界にいた時のことを思い出しました。王宮の一室で、私は言葉が通じないラトくんに、身振り手振りで意思を伝えようとしたものです。

まさか、人間の世界で、話をしながら食事をする日が来るとは思ってもみませんでした。

パンを咀嚼《そしゃく》しつつ、しみじみと幸せを噛《か》みしめます。しばしの間、無言で食事を取り、私はごちそうさまと両手を合わせました。

「……辛くはないか？」

もくもくと食事をしていたラトくんが、ぽつりと尋ねてきます。

いきなりどうしたのかと、きょとんとした私に、彼は目を伏せました。

「ノエリア。王城から一歩も外に出ず、みなに奇異《きい》の目を向けられるよりはマシかと、俺は戦場に出るというあなたを止めなかった……けれど」

ラトくんは自分の手をぎゅっと握りしめます。

「ダグが、あなたをガズスの大軍に突っ込ませたと聞いた時、いてもたってもいられなかった。あなたの無事な姿を見るまで、どれほど心乱れたか」

「ラトくん」

「俺がセントールの民のために生き、民のために死ぬのは構わない。それが王というものだから。でもノエリアは違う。あなたは、俺に手を貸してくれているにすぎない。それを……っ！」

「ラトくんは、私が戦に利用されるのが嫌なのですねぇ」

のほほんと言った私に、苛立《いらだ》ちのまじった声が上がりました。

「当たり前だ！　あなただって、もっと怒っていい。嫌なら嫌だと言っていいんだ！　ダグに無茶振りされたら、あの野郎をぶん殴ったって構わない！」

なんと、殴る許可が出ました。むしろラトくんのほうがダグさんを殴りそうな勢いです。

私はくすりと笑い、唇を噛《か》みしめるラトくんを宥《なだ》めるように、彼の頭をくしゃりと撫《な》でました。

「……ラトくん。トカゲの世界で、私が一番辛かったことが何かわかります？」

「……食事か？」

「うっ、大正解と言ってしまいたい！」

ラトくんと同じ苦しみを耐《た》えた同志として、思わず頷《うなず》く私。アレは食べ物ではありません。視覚の暴力です。

「でも、違います。私は……私であることが、一番辛かったのです」

星が煌《きら》めく夜空の下、ラトくんは私をじっと見つめました。

トカゲの体に人の心。どちらも私であるからこそ、どうしようもありませんでした。

人に生まれれば――あるいは、いっそ心までトカゲで生まれてきたら良かったのに。

なんで私はトカゲなんだろう。そう思っていた過去がありました。

「今、私は人生……いえ、トカゲ生ではじめて、トカゲに生まれてきたことを感謝しているのですよ。利用、いいじゃないですか。立っているトカゲは、親でも使えと言うでしょう？」

「……トカゲの世界の格言は……うん、なかなかだな」

正確にはトカゲの世界ではないんですが、私はうんうんと頷《うなず》きました。

「大丈夫です。私は死にません。ラトくんも戦っているのですから、私だって戦いたいのです。私に、戦場に立つなとは言わないでください」

「……」

視線を逸《そ》らし、しばらく沈黙するラトくん。彼は少し悩んだ末、小さく頷《うなず》きました。

「……あなたがそれを、望むのなら」

私がへらりと笑えば、背後から皮肉っぽい声が聞こえてきます。

「まったく、陛下はトカゲにお優しいですな」

「ダグ！」

いつの間にか、闇に紛れるようにダグさんがいました。

キッと睨《にら》むラトくんに、ダグさんは肩を竦《すく》めます。

「まぁまぁ、そのトカゲくんに、言っているではないですか。使えるものはトカゲでも使えと」

「改変するな！　まだノエリアのことを疑っているのか、ダグは！」

「……」

それについては返事をせず、ダグさんはラトくんを見つめて言いました。

「軍議では言いませんでしたけどね、陛下。魔力が回復したというには、ほど遠い状況なのではないですか？」

一瞬言葉に詰まった後、ラトくんは答えます。

「……以前、ナガール砦《とりで》に張った大がかりなものは無理だが、ある程度の結界なら張れる」

「それで、魔術師ガゼルをおさえられますか？」

「ナガール砦《とりで》で爆発が起こった時、俺よりガゼルのほうがダメージを受けていた。だからこそ、回復に三ケ月も時間をかけていたんだ」

「で、先方は体調を万全に整えて戻ってくると」

「……」

ダグさんの言葉に、ラトくんは諦めの表情を浮かべます。

「……まぁ、そうだ。すでに奴は、ガズスを出発したと聞いている。戦の際、俺がいるのといないのとでは兵の士気が違う。俺の魔力は時間が経てば回復するからな。城で待つより、ここで待った方がいいだろう」

「陛下の魔力がガゼルと同程度になるには、あとどれくらいかかります？」

「三週間……魔力をまったく使わなければ、二週間くらいか」

ダグさんはふむ、と腕を組み、あっさりと言いました。

「ではその間、戦いはすべて近衛師団で引き受けましょう。陛下はお飾りの状態で、ただ座っていてください。魔法の使用は厳禁ですからね」

「……だが」

「そのかわり、そこのトカゲを使わせていただきます」

「ダグ！　……っあもう、ノエリアも！　なんでそんなに目を輝かせているんだ！」

ぱたぱたとしっぽを揺らしながら、私は笑いました。

「えへへ、お役に立てそうだなぁと」

軽い調子でダグさんも付け加えます。

「まぁ所詮はトカゲ。死んだら死んだで、いいじゃないですか」

「いいわけあるか！」

「大丈夫ですよぉ」

「大丈夫ですって」

「二人で宥《なだ》めにかかるな！　いつの間に仲良しになったんだ、お前らは！」

私とダグさんは顔を見合わせ、揃《そろ》って首を横に振りました。

「仲が良いとは言えないと思います」

「冗談でもやめてください、陛下」

恨《うら》めしげなラトくんの視線を、私とダグさんは笑顔で流しました。

ラトくんの魔力が回復するまで、ラトくんを守る。

私もダグさんも、目的は同じなのです。

「しくじったら埋めるぞ、トカゲ」

「いい加減ノエリアって呼んでくれませんかねぇ」

「じゃあ、この戦いで勝ったらな。死んだら墓標《ぼひょう》にトカゲって刻んでやる」

「絶対に死ねない理由ができましたね！」

そんなやりとりをする、私とダグさん。ラトくんは、やがて呆《あき》れたように笑いました。

ガズスの援軍が砦《とりで》の方角に姿を現したのは、その三日後のことでした。

# 第4章　戦の果てに

援軍が合流してから、すでに十日あまり。

圧勝を予想していたガズス連合軍は、苦戦を強いられていた。

ガズス連合軍には、二つの誤算があった。

ひとつは、セントールの巨大な化け物《トカゲ》。

あろうことか、人ならざる化け物がセントールの味方をしている。その恐ろしい化け物は、緑色の鱗《うろこ》に覆《おお》われた体を持ち、鋭《するど》い爪《つめ》の生えた手で黒い長棒を振り回す。

むろん、ガズスとて手をこまねいて見ていたわけではない。化け物を退治すべく、まずは力自慢の将を向かわせたのだが……彼は宙を飛んだ。他の兵がぽかんと口を開け、空を舞う彼を見上げたほどだ。その後、多くの者が化け物に挑んだが、誰一人として勝つことができなかった。

この化け物を武で制するのは難しいと知ったガズスは、セントールの士気を下げるための作戦に出た。

「神の国セントールともあろうものが、化け物を使って戦に出ているとは、なんと堕《お》ちたものか！」

戦場でガズスの将がそう叫ぶと、セントールの兵に動揺が伝わっていく。

しかし、軍の後方に控《ひか》えていたわずかに幼さの残る青年――セントール王は笑みを浮かべ、よく通る声で言った。

「ただの化け物であるならば、セントール初代国王の黒鉄を、どうして振り回せよう。また彼を導く名馬は、初代の愛馬の子孫にあたる。聡《さと》いこの馬が、果たして化け物を乗せようか。彼は俺の友。セントール国王である俺を助けるため、今ここにいてくれるのだ」

その言葉に、セントールの兵士たちは安堵と驚きの表情を浮かべた。

「初代様の馬と武器――もしやあの方は、初代様の現身《うつしみ》か。お姿に恐れを感じたのは、恐怖でなく畏怖《いふ》だったのか」

「しかし、なぜあんなお姿なのだ」

「神々のなさることはよくわからんからなぁ」

自軍の戦力とはいえ、それまでトカゲを恐れていたセントールの兵士たちだったが、これを機に彼らの意識は見事に変わった。

勇猛《ゆうもう》な近衛師団長ダグラスの指揮の下、セントール軍は勢いを増していく。襲撃こそしかけてこないものの、ガズスの攻撃はすべてかわされ、時に兵たちは撤退《てったい》を余儀《よぎ》なくされた。

セントールが時間稼ぎをしようとしていることは、明確だった。セントール王の魔力は、時とともに回復していく。彼の魔力が完全に回復すれば、勝利の天秤《てんびん》はセントールに傾《かたむ》きかねない。

だからこそ、ガズスは魔術師ガゼルを最大限に活《い》かすつもりだった。しかし、援軍として合流したはずのガゼルは、一向に出陣しようとしない。これこそ、ガズスの二つ目の誤算だった。

黒衣に身を包んだガゼルは、「今は戦う時期ではない」と感情のこもっていない声で言う。以後、誰が何を言っても彼は聞く耳を持たず、砦《とりで》の一室にこもって何かをしているようであった。

暗くて濁《にご》った瞳の彼が何を考えているのか、知る者は誰もいなかった。

◆◇◆

「明日、ガズス連合軍が出陣します。一方、魔術師ガゼルは出陣を拒否しているようですな」

ダグの言葉に、天幕《てんまく》の中がざわめいた。俺も眉根を寄せる。

「ダグ、それは確かか？」

「はい、陛下。あちらに潜《もぐ》り込ませている間諜《かんちょう》の情報によると、連合軍の再三の要求に、ガゼルは応じぬ様子だと」

「なるほど……」

俺は相槌《あいづち》を打ち、手の中の黒い珠《たま》を転がした。

予想より早く魔力が回復したため、俺の体はすでに二十歳近くになっている。珠《たま》は、俺の手にすっぽりおさまるほどの大きさだ。

強い魔力を感じるこの珠《たま》には、結界の魔法が閉《と》じ込められている。初代国王がセントールを治世していた時代に、竜の卵から作られた貴重な品だ。この結界石を使えば、結界を張るだけでなく、結界を破ることもできる。結界魔法を使えないはずのガゼルだが、ナガール砦《とりで》に忍び込んだ時、この石を使ったのだろう。とはいえ、石はセントールにしかないはず。

ガズス国の魔術師ガゼルは、沈黙を貫《つらぬ》いているらしいが――

「ガゼルさんは、どうして出陣したがらないのですかねぇ？」

のんびりと首を傾《かし》げたのは、ノエリアだ。

「よくわからん。何かを企《たくら》んでいるかもしれんけどな」

ダグの言葉に、ノエリアは「うむむ」と首を傾《かし》げた。

「しかし奴もまた、陛下を狙っているのは間違いありますまい。ガズス連合軍、および魔術師ガゼルを同時に相手するのは、なかなか骨が折れそうです」

モート副団長が困った表情を浮かべたところで、ダグは再び口を開く。

「そこで、こうしようと思うのですが――」

意味深な視線を俺に向けた、ダグ。これは間違いなく、俺が反対するとわかっている時の態度だ。おそらく、またノエリアに無茶振りする気だろう。そしてノエリアは、『大丈夫です、やれますよ』と笑みを浮かべるに違いない。

その後、俺はダグの作戦を聞いて目を見開き、反対した。どうせ止めても無駄ではある。無駄ではあるが、止めずにいられるか！

そんな俺を宥《なだ》めるように、ノエリアは予想どおりの言葉を口にしたのだった。

◆　◇　◆

その日、戦場となったのは、ナガール砦《とりで》から程近い場所にある草原だった。

全軍にて出陣したガズス兵の中に魔術師ガゼルの姿はなかったが、他の兵たちは鬨《とき》の声を上げ、セントール軍に襲《おそ》いかかった。しかし――

ガズスの兵士たちは、異形の姿を持つ化け物《トカゲ》に、その身を震わせた。

理不尽なほどの強さを見せるそのトカゲは、栗毛《くりげ》の名馬にまたがり、ガズスの兵をたやすく叩き潰していく。やがて兵たちは、巨大なトカゲの姿を見るだけで嫌な汗を流し、こっちに向かってくるなと祈りながら戦うようになった。

一方、セントールの戦線はじわじわと細くなり、後方へ延びていく。何か策があってのことなのか、国王をはじめ、ダグラス近衛師団長、モート副団長も完全に後方へ下がってしまった。

しかし、トカゲの部隊は一歩も引かない様子だ。

ガズス連合軍はそれを好機と見て取り、トカゲの部隊を囲み込んだ。その指揮を執《と》っていた中隊の隊長は、すぐ目の前に迫ったトカゲの背に、槍《やり》を突き刺す。

「馬鹿め！」

悲鳴を上げて崩れ落ちるトカゲと、巻き込まれるようにして倒れた鹿毛《かげ》の馬。

……鹿毛《かげ》？　引っかかるものはあったが、隊長は手柄を誇るかのごとく声を張り上げた。

「見よ、セントールの化け物を討《う》ち取ったぞ!!」

その叫びにまず反応したのは、中隊の副隊長である。

「隊長!?　一体、何故《なぜ》味方を!?」

副隊長は、驚いたような声を上げた。それは確かに彼の声だったのだが、振り返った姿はまるで違っている。なんと、緑の鱗《うろこ》に覆《おお》われたトカゲの姿をしていたのだ。

隊長は驚愕《きょうがく》に目を見開き、馬の手綱《たづな》を引いた。そしてあたりを見回し、隊長が目にしたのは——

「う……うわあああああ!?」

見渡す限り、トカゲ、トカゲ、トカゲ——彼以外のすべての人間が、トカゲに姿を変えていた。

悲鳴を上げたのは隊長だけではない。同様に叫び、味方に切りかかるガズス兵士が続出した。

「落ち着け！　落ち着け!!　幻術だ！　心を落ち着かせれば、術は解ける！」

ガズス軍の将は、動揺する兵士たちを叱《しか》りつける。事実、大隊長や連隊長など肝《きも》の据《す》わった兵士は正気を保っていた。しかし幻術にかかった兵士は多く、戦場は大混乱に陥《おちい》っていく。

とその時、堂々とした声が響いた。

「これだけの混乱中に、敵を倒せないようなら、セントールの兵として恥だからな！」

勇猛果敢《ゆうもうかかん》なセントールの近衛師団長ダグラスである。また、モート副団長率《ひき》いるナガール騎士団も同時に襲《おそ》いかかってくる。後方に下がっていたセントール兵が一気に押し寄せてきたのだ。あっという間に形勢は逆転し、大きく数を減らしたガズス連合軍は這々《ほうほう》の体《てい》でナガール砦《とりで》に引き返した。

◆　◇　◆

「それにしても、えげつない方法もあったものですねぇ」

戦いを終え、天幕《てんまく》へ戻って来たノエリアがのほほんと言った。

「えげつないというか、なんというか……」

思わず俺が呟《つぶや》くと、ダグは飄々《ひょうひょう》と言う。

「仕込みは上々、あとはとどめだけでしたからね。戦場にトカゲが現れると、ガズス兵が逃げ腰になるのは見えてましたし。陛下の幻術でその恐怖心をちょっと煽《あお》ってやれば、戦どころではなくなるでしょう」

「トカゲがいっぱいいたら怖いですもんねぇ」

ノエリアの言葉に、ダグは呆《あき》れたように肩を竦《すく》める。お前が言うなということだろう。そんなダグには構わず、ノエリアは言葉を続ける。

「でも、ガゼルさんはどこに行っちゃったんですかねぇ。砦《とりで》にも姿が見えないみたいですし」

「考えても仕方がない。いつでも結界を張れるようにしておくから、夜になったら砦《とりで》を落とそう」

砦《とりで》内には、すでにガズスの鎧《よろい》を着たセントールの兵士が紛れている。今回の大混乱に乗じて、砦《とりで》に戻る兵の中に上手く潜《もぐ》り込んだのだ。中にいる間諜《かんちょう》とともに、門を開ける手はずになっている。

しかし、俺の言葉に、ノエリアは「うーん」と首を傾《かし》げた。

「なんというか、嫌な予感がするんですよねぇ。言うなればフラグのような」

「フラグ？」

怪訝《けげん》そうにダグが問い返すと、ノエリアは大きく頷《うなず》く。

「『俺を残して先に行け』とか、『はっはっは、俺の勝ちだ』とかは、高い確率で死亡フラグなの

です」

「……お前は何を言っているんだ？」

心底呆《あき》れた様子で、ダグは尋ねる。しかしノエリアはめげず、緑の両手をぎゅっと握った。

「気を抜いたところで、予期せぬことが起きたりするのですよ。油断は禁物、ということです」

「……まぁ、気にはとめておくが」

呆《あき》れ顔のダグが返事をした時、一人の兵が伝令にやってきた。

「陛下、砦内《とりで》はぬかりなく、予定の時刻に門を開ける準備ができているとの連絡が来ております」

俺は、伝令兵とノエリアを交互に見る。

「……油断なく準備を進めるように、と伝えてくれ」

「……は！」

伝令兵が去った後に、ダグが肩を竦《すく》める。

「陛下はそのトカゲの言葉を信じすぎだと思いますよ」

「油断しないほうがいいのは事実だろう？」

「まぁそうですけど。トカゲに対しても油断しないでくださいよ、陛下」

「くどい」

俺たちがそんなやりとりをしていると、ノエリアは何かを思い出したように「あっ」と声を上げた。

「そういえばダグさん、戦に勝ったら名前で呼んでくれるって言いましたよね？」

ダグはそれに対して鼻で笑った。

「調子に乗るな、トカゲ。名前で呼ぶのは、ガズスとの戦に勝ったらだ」

むぅ、と頬を膨《ふく》らませるノエリアだが、またすぐに笑みを浮かべた。

「でも、そうですね。戦いに勝って、セントールが平和になったら、お城に戻って皆でお茶しましょうね」

「断る」

「えぇー……って、あぁっ!!」

ノエリアはハッとして、口元に手を当てた。何事かと驚いた俺とダグに、彼は真剣な表情で続ける。

「こういうのが死亡フラグなんですよ」

「……」

ダグはさっさと踵《きびす》を返してこの場を去り、俺は苦笑しながら「大丈夫、ノエリアは死なない」と言ったのだった。

◆　◇　◆

深夜、砦《とりで》の重い門扉《もんぴ》は中から開け放たれた。

砦《とりで》に潜《ひそ》んでいた間諜《かんちょう》と、ガズス連合軍の鎧《よろい》をまとったナガール騎士団の兵士は、顔を見合わせて笑みを浮かべる。

ナガール騎士団にとっては、勝手知ったる我《わ》が砦《とりで》。取り戻すためならば、危険な任務でも命すら惜しくない。

開け放たれた門に、セントール兵――特にナガール騎士団の兵がなだれ込んだ。

その日の戦に負けて数を大きく減らし、士気まで下がっていた連合軍に勝ち目はなかった。ろくな抵抗もできずに彼らは降伏。

しかし、その砦《とりで》のどこにも、ガゼルの姿はなかった。

◆　◇　◆

「……あっさりだったな」

砦《とりで》内を歩くのは、俺とダグとノエリア。いつの間にか、俺たちは一緒にいることが多くなった。

「そうですねぇ」

黒鉄を片手にあたりを見回すノエリアは、真剣な表情である。

「で、油断がなんだって？　トカゲ」

長剣を持った手をぶらぶらと揺らしながらダグが言う。それをちらりと見て、ノエリアは言った。

「多分ここでダグさんが『はーっはっは、俺の勝ちだ』とか言ってくれれば、ガゼルさんがダグさんを倒しに出てくると思いますけど」

「ふざけるな、お前がやれ」

再度言い合う彼らに苦笑しながら向かう先は、かつて俺が異世界に渡ってしまった部屋。また、ガゼルと対峙《たいじ》した部屋でもある。

「ガゼルはそこにいると思いますか？　陛下」

「多分な」

あの日、砦《とりで》に忍び込んだガゼルの魔力を追って辿《たど》り着いた、小さな部屋。そこには、黒衣に身を包んだ男が、暗い瞳をこちらに向けて立っていた。

俺が部屋に入ると結界が張られ、ダグは入室《にゅうしつ》を阻《はば》まれた。そしてガゼルが炎と光による爆発の魔法を使った瞬間、俺はそれを跳ね返して空間転移。爆発はガゼルに襲《おそ》いかかり、俺は結界の中から無理やり抜け出るつもりが――辿《たど》り着いたのはトカゲの世界だった。

砦《とりで》の廊下を進み、小部屋の前に辿《たど》り着く。左右を見回すも、誰もいないようだった。

「開けます」

ダグが扉に背を付けるようにして、慎重に開いた。そこには――

「――誰もいないじゃないですか」

覗き込んだダグが気の抜けた声を漏《も》らす。

小部屋には何もなく、がらんとしていた。結界も張られておらず、ダグが中に入って周りを見回すが、誰もいない。

「――いるならここかと思ったんだが」

間諜《かんちょう》も、彼は普段ここにこもっていたと言っていた。

かといって、また罠《わな》があっても困る。室内を調べるダグに廊下から声をかけようとした時、視界の端に何かの光が映った。

「ラトくん！」

俺を庇《かば》うように突き飛ばした手は、緑の鱗《うろこ》に覆《おお》われていた。同時に、激しい爆発の音が響く。

――ノエリア⁉

突き飛ばされて廊下に転がり、慌てて身を起こすと、目の前に激しく燃え盛《さか》る炎が広がっている。

その中に、見覚えのあるしっぽを見つけた。

「――っ、ノエリア！　ノエリア‼」

俺は慌てて魔法を構築し、ノエリアを包む炎を消そうとする。

「……外したか」

炎の向こう側から、低い声が聞こえた。目を向けると、闇のように暗い表情のガゼルが立っている。

どこに隠れていたのかと思った時、彼は姿をセントールの兵士に変えた。ガゼルが幻術を使えるという話は聞いたことがなかったが――

「お前にできることは俺にもできる。俺が負けるはずないのだ……！」

その言葉と同時に、ガゼルは俺に向かって魔法を放った。荒れ狂う竜にも似た炎の奔流《ほんりゅう》が襲《おそ》いかかってくる。

「……っく！」

俺はギリギリで結界を作り出し、それを防いだ。同時に、ノエリアを包む炎を消すべく魔法を発動させる。しかし、その炎はなかなか消えなかった。

「陛下、ご無事ですか!?」

焦ったような声が室内から聞こえる。燃え盛《さか》る炎が部屋の入り口を塞《ふさ》いでいて、ダグは出られないらしい。

ガゼルは暗い瞳をノエリアに向けて、嘲《あざけ》るように笑った。

「トカゲ風情が、邪魔をして」

ガゼルが手をかざすと、ノエリアを包む炎が爆発するかのごとく激しく燃え上がった。

「ノエリア！」

炎と光の奔流《ほんりゅう》に呑まれるノエリアの姿が、熱気でゆらりと歪《ゆが》む。

ノエリアを包んでいた炎は、次の瞬間、ふっと消えた。そこには、倒れ伏す彼の姿。ローブはボロボロに焼け焦げていて、ノエリアはぴくりとも動かない。

血の気が引くような、目眩《めまい》のようなものに襲《おそ》われて、声すら出ない。

魔法を構築しなければ、いや、ノエリアが――

ガゼルは次なる魔法をすでに構築し、今にも俺に向かって放とうとしていた。しかし――

「あー……びっくりしました」

何事もなかったかのように、ぴょこんとノエリアは体を起こした。

「ノエリア!?」

彼のローブの隙間から覗くのは、鮮《あざ》やかな緑の鱗《うろこ》。焼け焦げても溶けてもいなかった。

「な……っ!?」

驚いた様子でガゼルが一歩引いた。彼の魔力を込めた攻撃が、少しもノエリアに効いていない。

それどころか、ちょっと転んでしまった程度の様子だ。彼は立ち上がると、ぽんぽんと膝を叩いた。

「熱いかなぁとか、焼けトカゲができるかなぁとか思ったのですが、なんともなかったので、立ち上がるタイミングを逃してしまいました。すみません」

俺を見てぺこりと謝るノエリアは、やせ我慢しているようにも見えない。

「そんな……そんなはずはない！」

ガゼルの全力の魔法がまるで通じなかった。その事実に驚愕《きょうがく》の表情を浮かべたガゼルは、再びノエリアに向かって魔法を放つ。今度は光と闇の奔流《ほんりゅう》がノエリアに襲《おそ》いかかり、激しい爆発音が響いた。

「は……はーっははは！　どうだ！　この俺の魔法が効かないなど、ありえない！」

しかし彼は白煙が晴れていくにつれて、青ざめていく。そしてこぼれ落ちんばかりに目を見開いた。

「……」

そこには、無傷のまま佇《たたず》むノエリアの姿。

「うん、やっぱり」

ノエリアは黒鉄をひと振りし、周囲に舞っていた火の粉《こ》を散らす。

「ガゼルさん、こういうのは敗北フラグって言うんですよ」

よくわからないことを言って、彼はにこりと笑った。

◆◇◆

「戦場でもたくさん攻撃されたんですが、何故《なぜ》かノーダメージでして」

のほほんと笑うのは、栗毛《くりげ》の名馬シェスタにまたがるノエリアだ。何度か切られたにもかかわらず、服に穴があいた程度で、逆に相手の武器が壊れたそうだ。

「私の鱗《うろこ》、武器も魔法も効かないみたいですねぇ」

あの後、動揺した魔術師ガゼルは、ダグとノエリアによって捕縛《ほばく》された。そして俺たちはガズスとの和平交渉を終えて、セントール王城に向かっている。

敗走したガズス他周辺国とは、セントールにかなり有利な条件で和平を結ぶこととなった。

このまま戦を続ければ、セントールの勝利は見えている。ガズスと周辺国を併呑《へいどん》することも難しくないだろうが、敗戦国を自国の領土とし、民を統制していくためには、多くの時間と金が必要となる。まだ戴冠《たいかん》してからの期間も短く、それよりはガズスと周辺国に目を光らせつつ、内政に力を入れていきたかった。

ガズスが白旗をあげるきっかけとなった戦での幻術、ガゼルとの応酬《おうしゅう》により、俺の魔力はほぼ枯《こ》渇《かつ》状態だ。またも十歳くらいの姿になってしまった。

自分の小さな手を見て、トカゲの世界にいた時のことを思い出す。ノエリアがいなければ、何もできなかった自分。今だって、ノエリアに助けられてばかりだ。

「今回も、すまなかった。ノエリア」

「いえいえ、私は何もしてないですよ。実際ノーダメージですし」

「まったく、本当に化け物ですな」

ノエリアの言葉に呆《あき》れ顔で言うダグだったが、以前のように、ノエリアを忌避《きひ》している様子は見られない。ガゼルの攻撃から身を挺《てい》して俺を庇《かば》ったノエリアを目の当たりにし、何か思うところがあったのかもしれない。

「ダグ、ノエリアは化け物ではない。愛すべき隣人であり、俺の恩人だ」

俺の言葉に、「人ではないでしょうに」とからかうような口調で言うダグ。

その後も穏やかな会話を続けながら馬を走らせていると、セントール王城が近づいてきた。あと少しで城下町を通るという地点で、俺たちは馬の速度を落とす。ノエリアはフードを深く被り直し、手袋をはめた。

「それで、私はどこに隠れていればいいですか？」

当然のように尋ねたノエリアに、俺は首を横に振った。

「ノエリアが嫌でなければ、俺の隣にいてくれないか？」

「いやいや、私、トカゲですから。ラトくんの隣にいたら、国のみなさんがびっくりしちゃいますよ」

「俺の命を二回も救ってくれたあなたが、こそこそ姿を隠す必要なんかない。堂々と王門をくぐればいいんだ」

「ふふ、怪獣襲来《かいじゅうしゅうらい》になっちゃいます。私はどこかに隠れていますよ」

セントールで――いや、この人間の世界において、ノエリアは異質な存在。それをわかっているせいか、彼は控《ひか》えめに首を横に振る。

「そもそも、すでにノエリアの存在は周知されている。今さら隠れても仕方ないだろう」

「えっ、周知？　どういうことですか？」

目を丸くするノエリアに、ダグが言う。

「お前、戦場であんなに暴れ倒しておいて、王都に噂が広まらないわけないだろう？」

「う、噂？」

「兵たちがみんな話してるじゃないか。セントールの危機を聞きつけた初代国王が、トカゲの姿に身を移して子孫を助けにきたと。間違いなく、王都にも広まってるぞ」

「いやいやいや！　そもそも、どうしてトカゲに身を移すんです⁉　おかしいでしょう⁉」

「お前が言うな！　俺が聞きたいわ！」

ダグが一刀両断すると、ノエリアは「えー」と困った顔をした。

「初代の遺した武器を持ち、初代の馬の子孫馬に乗っていることも大きいだろう」

俺は苦笑しながら口を挟む。

噂というものは、侮《あなど》れない。いくつかの情報をもとに話ができあがり、それが真実のように語られてしまうことも多い。『俺がトカゲに呪《のろ》われた』という噂だってそうだ。

ノエリアがダグとともに戦場へ向かった後、城に残った俺は、大臣や宰相、その他さまざまな者たちから正気に戻るように訴えられた。『セントール王にかけられたトカゲの呪《のろ》い』とやらを解くために、みな躍起《やっき》になっていたのだ。

トカゲのいる部屋からぶつぶつ呟《つぶや》く声が聞こえた――呪術《じゅじゅつ》に違いない。

トカゲが木に頭を打ちつけていた――何かの儀式に違いない。

彼らはそのようなことを言って、ノエリアと距離を置くようにと説得してきた。

何事かを呟《つぶや》いていたのは、おそらく『脳内会議』というやつだろう。木に頭を打ちつけていた理由はわからないが、儀式でないことだけは確かだ。

セントールの王である俺に、呪《のろ》いなど効かない。俺は城の者たちを言い含めるように、何度もそう伝えた。トカゲの世界で俺の命を救ってくれたこと、俺の役に立つために戦場へ向かってくれたことも。しかし、彼らの表情は曇《くも》ったままだった。

彼らの気持ちはわかる。俺自身、かつてノエリアに対してひどい態度を取った。ノエリアが信頼のおける者だと理解してもらうには、まだ時間が必要なのだろう。

ノエリアのおかげで、ガズスとの戦は終わりを告げた。みなの意識が少しでも変わってくれるといいのだが……

そんなことを考えていると、ノエリアが声をかけてきた。

「……まぁ、初代云々《うんぬん》はともかく。ラトくんがいいと言うなら、私は隣にいますね」

「ああ、そうしてほしい」

「えへへ、もちろんですよ」

にこにこと嬉しそうに笑うノエリア。俺も嬉しくなり、小さく笑みを浮かべる。

とその時、ダグが俺の傍《そば》に馬を寄せ、こそこそと言葉をかけてきた。

「……陛下」

「なんだ？」

「……城に戻って落ち着いたら、美女を紹介いたしましょうか？」

「……どういう意味だ」

「いえ、異世界にいる間に、嗜好《しこう》が爬虫類《はちゅうるい》に傾《かたむ》いたのかと」

俺は黙ってダグの腹を殴りつけた。そういえばノエリアの初戦の話を聞いた時に、こいつをぶん殴ろうと思っていたことを忘れていた。

「何するんですか！　陛下！」

「お前のおかげで、殴ろうと思っていたのを思い出した。ありがとうな、ダグ」

「そんなお礼なんていりませんて！」

俺たちのそんなやりとりを聞きながら、ノエリアは「あははは！」と楽しげに笑った。

王都は、祭りのように賑《にぎ》やかだった。道の脇には屋台が立ち並び、あちこちで酒杯が交わされている。人々は、セントール軍の帰還に歓声を上げた。

「陛下！　国王陛下万歳《ばんざい》！」

「ダグラス様！」

戦勝を祝う民衆たちに手を振って応《こた》えていると、一人の少年がこちらに向かって叫んだ。

「初代様！　トカゲの初代様！」

「へっ⁉」

少年の視線は、俺の右隣に注《そそ》がれている。そこには、ローブを目深に被ってシェスタの手綱《たづな》を引くノエリアの姿。

ノエリアは困ったように馬を止めて、少年と俺を交互に見た。俺も笑って馬を止め、花を手にした少年に目を向ける。

「花を渡したいのだろう。ノエリア、もらってやってくれないか？」

「え、ええ⁉　私ですか⁉　いいんですかね？」

ノエリアを見つめる少年の目は、キラキラと輝いている。憧れの英雄に向かい合っているといった感じだ。

ノエリアはおずおず馬から降り、少年の前にしゃがみ込む。そして手袋をはめた手を差し出すと、少年は照れた様子で小さな花束を差し出した。

「初代様、陛下とセントールを守ってくださって、ありがとうございます！」

「いえいえ、私は初代では……」

否定したかったのだろうが、少年の輝く視線に負けたのか、ノエリアはそっと花を受け取った。

「ありがとうございます」

嬉しそうなノエリアの声に、少年もまた笑みを浮かべる。

「僕、大きくなったら、初代様のように一撃で千騎を倒せるくらい強くなります」

「……噂に背びれと胸びれもついて、出世魚《しゅっせうお》より進化している気がしますよ!?」

困った様子で呟《つぶや》いたノエリアだったが、少年の頭をくしゃりと撫《な》でて、優しく声をかける。

「強くなってくださいね。頑張って」

「はい!」

少年は嬉しそうにはにかみ、近くにいた女性に抱きついた。

「母さん、初代様に祝福をもらった!」

「まぁまぁ、ありがとうございます」

恐縮したように頭を下げる母親に会釈《えしゃく》して、ノエリアは再びシェスタにまたがった。最後に少年に手を振った後、ノエリアは「ふぅ」と緊張した様子でため息をつく。

「……セントールの初代様を騙《かた》っている気分です」

「はは、初代の国王は、剛胆《ごうたん》で朗《ほが》らか、強くて優しいお方だったと聞いている。もう、とうにいないお方だ。ノエリアが騙《かた》ったところで、気にもしないよ」

「……えーと、初代様は男性ですよね?」

「そうだが?」

ノエリアは複雑そうな表情を浮かべる。俺が首を傾《かし》げると、彼は「あの……」と口を開いた。しかし先を進んでいたダグが戻ってきて、俺に声をかける。

「陛下、ちょっとよろしいですか」

「俺は構わないが……ノエリア、何か言いかけていなかったか？」

「あ、たいしたことではないので、後でいいですよ」

「そうか？」

ノエリアがうんうんと頷《うなず》いたので、ダグに体を向ける。ダグは沿道の声援に軽く応じながら、囁《ささや》いた。

「お疲れのところ申し訳ないのですが、陛下が戻ったら、宰相らがお会いしたいと」

「……わかった」

王城に辿《たど》り着いた後、俺は馬を降りて手綱《たづな》をダグに渡す。ノエリアもシェスタから降りると、労《ねぎら》うように首を叩いた。シェスタは、ノエリアの肩に額を擦《こす》りつけている。そのまま厩舎《きゅうしゃ》のほうへ向かおうとするノエリアだったが、俺は彼を引きとめた。

「待った。ノエリアの部屋を用意してあるから、先にそこまで送る」

「え？　以前お借りしていた客間までの道なら、わかりますよ？」

首を傾《かし》げるノエリアに、俺は微笑《ほほえ》む。

「いや、客間ではない。ノエリア専用の部屋だ」

「ええっ！」

驚いた様子のノエリアを促《うなが》し、俺は城内の廊下へと進んだ。

駆け寄ってきた侍従たちに、宰相たちへの伝言を頼む。彼らには少し待ってもらうことにして、ノエリアの部屋へ向かった。

以前ノエリアは、客間に滞在していた。しかし宰相も大臣も、「客間にトカゲなんてとんでもない！」と大反対。そのため城下にノエリアの屋敷を手配しようと考えたのだが、これも反対された。ならば仕方ないと、俺は王城の一室を与えることにした。宰相たちは真っ青になっていたが、何もかも駄目だと言われてどうしろというのか。「近すぎです！　陛下に呪《のろ》いが！　悪影響が！」と叫ぶ彼らを黙らせて、ノエリア専用の部屋を準備したのだった。

俺に手を引かれているノエリアは、首を傾《かし》げて尋ねてくる。

「部屋というと、私はお城に住むことになるのでしょうか？」

「そうだ。もしノエリアがどこか別の場所に住みたいなら、もちろん希望を聞く。ダグみたいに城下に屋敷を持っても構わない。とりあえず、必要な家具は一通り揃《そろ》えてあるが、好みもあるだろうから、今後、内装は好きに変えてくれていい。欲しいものがあったら、なんでも侍女に伝えてくれ」

目を丸くするノエリアに、俺は言葉を付け加える。

「もし侍女に却下されたら、遠慮せず俺に言ってくれ。却下されたことを隠す必要も、誤魔化《ごまか》す必要もない」

ノエリアが「ばれた！」という様子で目を見開くが、俺は以前のことを大体察していた。

彼が俺に手間をかけさせたり、侍女が叱《しか》られたりすることを望んでいないのはわかる。

だが、「トカゲですから仕方ないですよ」と笑う彼の優しさに、これ以上甘えるつもりはなかった。

ノエリアの主な世話を受け持っていたのは、カエサという侍女。彼女は、几帳面《きちょうめん》であまり動じることがない。ノエリアの世話をするように頼んだ時も、顔色を変えることはなかった。他の者は、侍女侍従ともに、巨大なトカゲの世話と聞いただけで及び腰であったというのに。

その時のカエサの瞳には忠誠の色が見えたが、それは俺だけに向けられていた。

陛下のために。この国の王のために。この国のために。

小さな頃からそういった瞳を向けられることには慣れていたし、自分が人間から少し外れたものであることも理解している。俺は、セントールの王なのだから。

しかし、ノエリアは俺をセントールの王としてではなく、一人の人間として見てくれる。彼が俺を「ラトくん」と呼ぶ時、とても幸福な気分になった。

セントールの民のことは何より大事に思っている。王としての義務を投げ出す気もない。

ただ、この異界の民を、俺の友を大事にしたいとも考えていたのだ。


ノエリアの部屋に辿《たど》り着くと、室内には侍女が揃《そろ》っていた。

俺とノエリアの姿を認めると、侍女たちはカエサを筆頭に跪《ひざまず》き深く頭を下げた。

「え、ええ!? ど、どうしたんですか!?」

動揺するノエリアに、カエサは頭を伏せたまま声をかける。

「お帰りなさいませ、ノエリア様。陛下をお救いくださり、本当にありがとうございます」

戦場での様子は、彼女たちにも伝わっていたらしい。カエサは、震える声で続けた。

「陛下は、ノエリア様を大事な存在だとおっしゃっておりました」

額を床から離さないカエサたちに、ノエリアはおろおろしている。

「それなのに私どもは、ノエリア様が陛下を害すのではないかと、ひどい態度を取ってしまいました。どうぞ罰してくださいまし」

「罰……っ、いやいや、ないですよ！　私はただ、大切な人を守っただけです！　お礼を言われることなんてしてません。それに、謝られるようなことも、何もないですよ」

ノエリアは、「でっかいトカゲは怖いですもんね」と侍女たちに優しく声をかけた。その慰《なぐさ》めはどうかと思う。

カエサたちはノエリアに促《うなが》されて身を起こし、彼をじっと見つめた。その視線は、以前のものとは少し違っていた。

ノエリアは目を細め、嬉しそうな表情を浮かべる。そんな彼に、侍女たちは再び頭を下げたのだった。

◆　◇　◆

セントールは、王の力が強大な国家である。神に近い力を持つ王は、ともすれば権力を持ちすぎて暴走する恐れがある。それを避けるため、王、宰相、三大臣の合議制により国政を行っている。先代のセントール国王が命を落とした後、当時の三大臣も相次いで亡くなった。国王代理をしていた宰相は、俺が国王位を継ぐ際に辞任。その任は、新たな者が引き継いだ。つまり、国王のみならず、宰相と三大臣という国の要《かなめ》も一新されたのだ。

彼らとの足並みは、この頃ようやく揃《そろ》ってきたと感じている。それでも、意思を共有できないことが多々ある。

ノエリアをカエサたちに託《たく》し、俺は執務室に向かった。室内に入ると、緊張した面持《おもも》ちの宰相と大臣がぴしりと立っていた。俺が席につくと、彼らは頭を下げる。

「……私どもの失礼たる振る舞い、ノエリア殿にお詫《わ》びしたいと思っております」

宰相の言葉に、俺は少し驚いた。王都の人々や王宮の侍女たちが考えを改めても、宰相たちはノエリアを忌避《きひ》し続けると考えていたからだ。

「それは俺に言うことではない。ノエリアに直接言え」

俺が指摘すると、宰相は頷《うなず》いた。

「おっしゃるとおりです、陛下。命をかけて陛下をお守りくださったノエリア殿には、どの面《つら》を下げてと思われるでしょうが、近々、お詫《わ》びにうかがわせていただきます」

残る三大臣も、詫《わ》びの言葉をそれぞれ口にする。どこまで本気なのかわからないが、彼らなりに反省はしたようだ。

「では、みなから直接ノエリアに詫《わ》びてくれ。用件はそれだけなのか？」

そう尋ねると、宰相はハッとして書類を取り出した。

「いえ、陛下。ガズスとの件なのですが……」

戦に関しての交渉は、揉《も》めることなく終わったはず。俺は宰相に続きを促《うなが》した。

「魔術師ガゼルが、姿を消したとの報告がありまして」

「なんだと！」

俺は眉をひそめた。

ノエリアに魔法が効かず、取り乱していたガゼル。彼を取り押さえた後、逃げられないようにしっかりと捕縛《ほばく》していたはずが、姿を消した？　……嫌な予感しかしない。

「――すぐさま調査し、見つけ次第捕らえろと伝えてくれ」

「はっ。承知いたしました」

宰相が頭を下げた後、大臣たちはことさら明るい声を出した。

「しかし、哀《あわ》れなものですな。隣国では魔法の天才と呼ばれたガゼルも、今や追われる身とは」

「まさに。魔術師といっても、所詮ガズス国によって作られたものですからな」

「我らの王には、とても敵《かな》いますまい」

俺は笑い合う彼らを一瞥《いちべつ》し、席を立った。

「話はそれだけか？　理解できない者を敬遠する気質が直ってないことは、よくわかった」

そう言い放つと、大臣たちはばつが悪そうに目を逸《そ》らした。

「……失礼する」

俺は彼らに背を向けて、そのまま執務室を後にする。

廊下には靴音が響き、何故《なぜ》かひどく寒々しく感じられた。


「神の子孫の国と言っても、一枚岩となるのは難しいということですな」

——その日の深夜、執務室を訪れたダグ。彼は「一杯どうですか？」と言い、酒とグラスを掲げて見せた。だがまだ執務が終わっていない。そう言って断ると、ダグは窓際の椅子に腰かけ、酒を手酌《てじゃく》で飲みはじめたのだ。

書類に目を落としつつ、宰相たちとのやりとりをダグに伝えたところ、彼は先ほどのような感想を述べた。

「宰相も、大臣も、先代の逝去《せいきょ》の後に慌ただしく決まったからな。できることなら理解し合いたいが、なかなか上手くはいかないものだ」

「まぁ上手くはいかんもんですね」

彼は適当に相槌《あいづち》を打ちつつ、酒を飲んでいる。

ふと顔を上げれば、留守中に溜まった書類がうずたかく積まれているのが目に入った。くそう、俺も飲みたい。

俺はため息をつき、ダグに目を向けた。彼の手にしたグラスには酒がなみなみと揺れていて、窓の外に浮かぶ月が映り込んでいる。俺は握っていたペンを放り出した。

ダグの持ってきたもうひとつのグラスを手にして、口を開く。

「……注《つ》げ」

「お仕事はよろしいので？」

「いい。明日またやる」

「しばらくサボる、とは言えないあたりが陛下の可愛らしいところですな」

「お前、殴るぞ」

ダグがとくとくと酒を注《つ》いでくれる。それを口に運ぼうとした時、コンコンと遠慮がちに扉を叩く音が響いた。

「……誰だ？」

俺は、思わず不機嫌な声で尋ねた。

「ご、ごめんなさい、夜遅くに。ノエリアです」

「ノエリア!?」

慌てて立ち上がり、執務室の扉を開ける。そこには、今にもこの場から立ち去りそうな様子のノエリアが立っていた。

「ごめんなさい、もうちょっと早くに来るつもりだったのですが、道に迷ってしまって……光が漏《も》れていたので、まだいるかなとノックしてしまったのです」

「いや、気にせず入ってくれ、ノエリア」

王城はかなり広い。俺の執務室を探し回っていたのだとしたら、大変だっただろう。俺は彼の背に手を当てて、執務室に招き入れる。

ノエリアは窓際に座っていたダグに少し驚きながらも、ぺこりと頭を下げた。

近くの椅子に座るようすすめると、遠慮しながらも腰を下ろす。

「それで、何かあったのか？」

「いえ、たいしたことではないのです。ただ、ラトくんにお礼を言いたいと思って……」

「お礼？」

首を傾《かし》げる俺に、ノエリアははにかんだ様子で言う。

「はい。素敵なお部屋をありがとうございます。トカゲの世界の部屋を参考にしてくれたんだなって、家具の雰囲気を見てわかりました。侍女さんたちも前と同じ方たちでホッとしました」

「……」

「それから、宰相さんが謝罪しに来てくれたんです。特に何かされたわけでもないので、気にしないでくださいと伝えました。受け入れてくれる人が増えるのは、嬉しいですよねぇ」

どうしてそんなことで、喜べるのか。もっと我儘《わがまま》を言えばいいのに。もっと俺を頼ればいいのに。

俺は、つい本音を口にしてしまった。

「……彼らを処分してほしいとは思わないのか？　あなたをまるで信じなかった人たちだぞ」

ノエリアは目を丸くし、「うーん」と考えてから口を開く。

「みなさんの気持ちは、よくわかります。でっかいトカゲは怖いですし。私のことを受け入れようとしてくださっているだけで充分なのです」

俺はため息をついた。彼の広い心と比べて、俺の心は狭すぎる気がした。こんな日は飲むしかない。俺は彼も誘ってみる。

「もしよかったら、ノエリアも一緒に飲まないか？　ダグが良い酒を持ってきたんだ」

窓際のダグをちらりと見ると、彼は呆《あき》れた表情を浮かべていた。

「トカゲを見ながら酒盛りですか。肴《さかな》にもなりませんな」

一方、ノエリアは酒の注《つ》がれたグラスと俺の姿を交互に見て、眉根を寄せた。

「……飲んだんですか？　ラトくん」

「い、いや、まだだが……」

俺は、ノエリアの低い声に思わず怯《ひる》む。怒っているのか、彼は、ダグに向かって珍しく尖《とが》った声を出した。

「ダグさん、お酒は二十歳になってからですよ」

「ぶっ」

ダグが飲んでいた酒を噴き出す。俺もダグも、二十歳をとうに過ぎている。まぁ、確かに今の俺の肉体年齢は十歳程度だが……

まさかノエリアに怒られるとは思わなくて、俺は小さくなった。

「お酒は成長に良くないんですよ」

「ばっ……お前、陛下がいくつだと思って――」

「体が十歳なら駄目ですよ。ラトくんだって、すすめられても飲んじゃ駄目でしょう」

「す、すまん……」

「めっ」と叱《しか》られて、俺は思わず謝った。めったに怒らないノエリアが怒ると、なんだかひどく悪いことをした気分になる。

「じゃあ、俺は飲まないが、残すのもなんだし、ノエリアが飲むか？」

するとと、彼は首を横に振る。

「私もまだ未成年ですので」

「ぶふっ！」

先ほどより盛大に、ダグが酒を噴き出した。俺もちょっと驚いた。ダグが口元を拭《ぬぐ》いながら、問いかける。

「マ、マジか、お前いくつなんだ⁉」

「じゅう……ああ、でも、あれですかね。前と今の歳を合計すると……三十八歳くらい？」

首を傾《かし》げて言うノエリアだが、合計とはどういうことなのか。もしやトカゲの世界では、三十歳を超えても未成年なのか。

「その年齢なら別にいいじゃねーかよ」

「駄目ですよ。体はまだ未成年ですもの。お気持ちだけいただいておきますね」

ノエリアは立ち上がってぺこりと頭を下げる。

「ラトくん、あまり無理しないで寝てくださいね。ダグさんは、二日酔いになればいいのです」

「おい、さりげなく言いやがるな、お前！」

ノエリアは、まだ少し怒っているらしい。その一言に、俺は噴き出して肩を震わせた。

「ははは、言われたなダグ。俺も遠慮しておこう。これ以上、ノエリアに怒られたくないからな」

「陛下が差し出したそのグラスは、俺に飲めってことですかね」

ぼやくダグに、そっぽを向くノエリア。

酒に酔ったわけでもないのに、俺はなんだか楽しい気持ちになる。

「では」と背を向けたノエリアを引きとめ、彼の手に小さな黒い珠《たま》を渡した。

「ラトくん、これは？」

「持っていてくれ、お守りのようなものだ。決して手放さずに」

ガゼルが行方不明である今、ノエリアの身も心配だ。彼に魔法が効かないと知った時、ガゼルは相当取り乱していた。俺だけが狙いならまだいいが、ガゼルは何をしでかすかわからない。

ノエリアは、しばらく俺と珠《たま》を交互に見た後、その珠《たま》をぎゅっと握りしめた。

「……大事にしますね」

「ああ」

ダグは呆《あき》れた顔をしながらも、俺の行動を止めなかった。

廊下の窓から差し込む月明かり。その柔らかな光に照らされて執務室を後にするノエリアの背を、俺はじっと見つめていた。

◆　◇　◆

数日後の夜、俺は執務室に宰相を呼び出した。

俺は執務机に向かい、扉の側にはダグが陣取っている。

「陛下、どうなさいました？」

「呼び出してすまない、宰相」

「緊急のお呼びということでしたが……」

目の前にやってきた宰相に、俺はある書類を見せた。

「これを見ろ」

「っ！」

書類を手に取った宰相は、顔色を変える。

「宝物庫への入室《にゅうしつ》許可証だ。宰相と三大臣の印が捺《お》されている。日付けはガズスとの戦の少し前だな」

食い入るように書類を見つめる宰相に、俺は言葉を続けた。

「さらに、セントール城の宝物庫にあった、結界石が行方不明だ。ご存じか？」

「……陛下」

彼は、かすかに震えながら言う。

「信じてもらえないのも仕方がないかと思います。ですが、私の印は捺《お》した覚えのないものです」

「そうだろうな、宰相の印は偽造だ」

「っ!?」

驚いた様子で俺を見る宰相に、俺は書類を指差した。宰相の印にはかすかな歪《ゆが》み、掠《かす》れがあり、実物と照合したところぴたりとは合わなかった。本来は書記官が確かめるものだが、ちょうど彼らが非常に忙しい時期でもあり、通してしまったのだろう。

「だが、三大臣の印は本物だ。彼らは宝物庫に入って、結界石を盗んだ。何か覚えはないか、宰相」

「ガゼルが姿を消した時に、大臣の遣《つか》いが近くをうろついていたとも聞いていますな」

ダグもまた付け加えた。

深く考え込んでいた宰相は、しばらくして顔を上げる。

「……陛下。先代が逝去《せいきょ》した混乱の後に今の三大臣が選ばれたのは、彼らを強く押す勢力があったからです。そのうちの貴族の一人は、ガズスに親類がいる者でした」

「……」

黙って話を聞く俺に、宰相は別の書類を取り出した。

「今回、ガゼルが姿を消した件について調べていたところ、三大臣との繋がりが浮かび上がりました。しかし、証拠となるものがなかったのです。陛下の書類は、そのひとつとなるでしょう」

「彼らの狙いは？　俺の命か？」

「……わかりやすく考えると、三大臣にはガズスの息がかかっていたのかと。ガゼルの狙いは、陛下とも、ノエリア殿とも――そういえば！」

その時、宰相はハッと目を見開いた。

「夕方、ノエリア殿とすれ違いまして……夜に陛下に呼ばれたとおっしゃっていましたが……」

「本当か⁉」

俺は、ノエリアを呼んでいない。それに今夜、宰相以外で執務室を訪れた者はいなかった。

「ダグ、三大臣をすぐに確保して狙いを確認しろ！　宰相、ノエリアはどこに行くと⁉」

「も、申し訳ありません！　てっきり、私との話の後にノエリア殿と約束されているのかと思い、確認はいたしませんでした。方角的には、三階奥の書庫のほうかと――」

宰相の言葉を最後まで聞かず、俺は部屋を飛び出した。背後から、ダグの声が響く。

「ちょ、陛下、俺も――」

「お前は来るな！　もしガゼルの仕業じゃなければ、三大臣を確保するほうが優先だ！　宰相も、あとは頼んだぞ！」

振り返ってそう指示すると、ダグは「気をつけてくださいよ！」と切羽詰《せっぱつ》まったように叫んだ。

俺はその言葉に手を上げて、廊下を駆け抜ける。

誓ったのだ、ノエリアは俺が守ると。彼に守られてばかりの小さな手を、ぎゅっと握りしめた。

◆　◇　◆

書庫の扉を開くと、室内だというのに、夜の風がひんやりと頬を撫《な》でた。

目の前には、二つの影がある。こちらに背を向けている黒い影。そして窓際には、見慣れたシルエットが――

「ノエリア！」

「ラトくん⁉」

窓際にいたノエリアは、驚いたような声を上げた。駆け寄ろうとしたが、入り口には結界が張られている。これは、侵入者が張ったものだ。結界石や、俺の張った結界を見て、構築の仕方を学んだのだろうか。

「……」

手前の黒い影がゆっくりとこちらを向いた。

彼——魔術師ガゼルは、引きつった笑みを浮かべていた。

「よく来た、セントールの王よ。思いのほか、早かったな。このトカゲを消し去る様《さま》を見たかったのか？」

「……無駄だ、ガゼル。ノエリアに攻撃魔法は効かない」

「キサマにできて、俺にできないことはない！」

ガゼルの言葉に、眉をひそめる。そもそも俺は、魔法でノエリアを傷つけるつもりなど毛頭《もうとう》ない。何を言っているのか。しかし彼は低く笑ってノエリアに向き直り、手をかざした。

「させるか！」

次の瞬間、俺は氷の魔法を放った。しかしそれは、やはり結界に阻《はば》まれた。結界の中でガゼルが低く笑う。

「無駄だ。トカゲ——お前は異世界から来たのだろう？　俺は見た……セントールの王が、結界から異世界へ消えるところを」

その時、俺はガゼルが組み立てようとしている魔法に思い当たった。異界渡りの魔法――俺がトカゲの世界へ行ってしまった魔法だ。

「セントールの王の魔法は、俺にだって使うことができる！　トカゲ、消え去ってしまえ」

異界渡りの魔法は、俺もノエリアに使ったことのあるものだ。おそらく今回も通じるだろう。

もしノエリアが俺の知らない世界へ行ってしまったら――俺には探せない。異世界へ続く扉は無数に存在する。自分で開けたわけではない扉を探すのは、ほぼ不可能だ。

ノエリアは書庫の窓から出ようとしたが、見えない障壁に阻《はば》まれた。力一杯叩くも、障壁は波紋のように揺れるだけでびくともしない。

ガゼルが目前に迫った時、彼は覚悟を決めたのかガゼルに向き直った。俺は力の限り叫ぶ。

「ノエリア、結界石を！　黒い珠《たま》だ！」

「は、はい！」

ノエリアは慌ててポケットから黒い珠《たま》を出した。その珠《たま》は沈黙している。魔力を使って解放するものだからだ。

ガゼルはククと笑う。

「無駄だ、魔力のない奴には使えない」

確かに、ノエリアには魔力はない。だが、彼の怪力をもってすれば……

「ノエリア、壊せ！」

「なっ!?」

ガゼルが目を見開いた次の瞬間、ノエリアは俺の指示どおり結界石を砕いた。石に閉《と》じ込められた魔法が瞬時に広がり、ノエリアとガゼルの間に結界を作り出す。

「無駄なことを！　ただの時間稼ぎにすぎない！」

ガゼルはドンと結界を叩き、ノエリアを睨《にら》みつける。ガゼルの言葉どおり、彼の触れたところから少しずつ結界が削り取られ、異世界へと送られていく。

その手はどんどんノエリアに近づいていき、ノエリアは触れられまいと後ろに下がる。

そして――

「――え？」

ガゼルは気の抜けた声を上げ、自分の手を見た。

その手からは、先ほどのように魔法が放出されていない。そう、突然魔法の効果が切れてしまったのだ。

異界渡りをするためには、すさまじいほどの魔力が必要となる。俺は魔力の他に、肉体年齢を犠牲にすることで発動させることができる。しかし、魔力だけでそれを行うとなると難しい。ガゼルが全魔力を使ったところで足りないだろう。

そんな魔法を彼が使ったら、どうなるか。差し出すのは魔力だけではない。

「――な、ぜ」

そう喉を震わせたガゼルだったが、次第にその体は、黒いもやのように崩れていく。

「――!!」

やがて悲鳴を残し、魔術師ガゼルは消えた。黒いもやが空気に溶けた後には、何も残らない。まるではじめから誰も存在していなかったかのように。

結界もまた同時に消えた。俺はゆっくりと歩いて、ノエリアの隣に膝をつく。ろくに溜まっていない魔力を使ったことで、また少し年齢が下がったようだ。体が小さくなっている。座り込んだノエリアを見上げると、彼は困惑したように首を振った。

「ラトくん――これは、一体？」

彼の体に傷がついていないのを確認しながら、俺は話し出した。

ガゼルがノエリアを異世界に飛ばそうとしたこと。魔力がすっかり枯渇《こかつ》し、それでも魔法を維持しようとしたため消えてしまったこと。

彼は魔法にこだわり、俺の真似を続け、その結果、姿さえ残らず消えてしまったのだ。

目を見開いたノエリアは、ぽつりと呟《つぶや》いた。

「……それで、ですか。ラトくんが来るまでの間に、ガゼルさんが言っていたんです。『どいつもこいつも、作り上げた偽物《にせもの》に本物の真似を強いる。だが本物が消えたら、偽物《にせもの》は本物になれるんじゃないか』って」

「……」

ガゼルは、やはり天才だったのだろう。強い魔力を持ち、俺の魔法を真似ることができた。だがそれは人間の身では耐《た》えることのできない力だ。跡形も残らず消えてしまうほどに。

ぽたりと、手に何かが落ちてくる。見上げると、ノエリアがぼろぼろと泣いていた。

怖かったのだろうか。

戦の間、ノエリアは一度も泣かなかった。そんな彼の涙に、俺は動揺する。

ノエリアは涙を拭《ぬぐ》いながら言った。

「ガゼルさんが消えた時、とても怖くなりました。ラトくんも、同じように消えてなくなってしまったらどうしようって。私は、何よりもそれが怖いのです」

トカゲの世界からこの世界に戻って来た時、もしこの世界がノエリアを拒絶していたら、どうなっていただろう。

彼の姿は、ガゼルのように消えたのか。あるいは、異界渡りが失敗とみなされ、俺が消えたのか。

俺も、ノエリアを失うのは嫌だ。

一方、俺がいない世界でノエリアが生きていくのも嫌だ。彼は、剣も魔法も効かないほど強い。きっと、生き延びることはできると思う。だが、異種族の彼は一人きり。ずっと一人で暮らしていく彼の姿を思い浮かべた時、胸が締めつけられそうになった。

俺は、ノエリアに向かってそっと囁《ささや》く。

「ノエリア、すまなかった。あなたを悲しませるようなことは絶対にしない」

その後の言葉は、口にしなかった。しかし、心の中で続きを呟《つぶや》く。

セントールの王は、セントールの民のために生きて、民のために死ぬ。それは構わない。もはや理《ことわり》のようなものだ。

だが、できれば彼のためにも生きたい。彼のために死ぬとは言わないことにしよう。きっと、彼が泣いて怒るだろうから。

俺の言葉に、ノエリアは涙を止めて小さく笑った。

「取り乱して、ごめんなさい。……ありがとうございます、ラトくん」

硬質な鱗《うろこ》に覆われた手も、人々が化け物と呼んだその姿も――

彼のすべてが大切なのだと伝えたい。

けれど、小さく微笑《ほほえ》む彼を見て思い直す。これ以上何かを言ったら、彼はまた涙を流すだろう。

窓から柔らかく差し込む朝の光に、音にならなかった言葉は溶けていった。


その後、三大臣は全員更迭《こうてつ》され、罪に問われることとなった。

彼らは必死にガゼルに脅《おど》されたのだと言い張っていたが、ガゼルのいない今、真相はわからない。

とはいえ国宝に手をつけ、あまつさえそれを隣国の者に流すなどもってのほか。減刑を訴える彼らに味方する者は、誰もいなかった。


事件後、ノエリアはよく侍女たちとお茶をするようになった。

彼は「はじめての女友達なんですよ」とにこにこ笑っていて、とても嬉しそうである。そんな彼を見ると俺も嬉しくなる。

少しずつではあるが、彼は受け入れられていった。

ダグもまた、俺がノエリアと交流することに反対しなくなった。

「多少はノエリアのことを信頼してくれたのか、ダグ」

「いいえ、諦めただけでして。あいつが陛下に何かやらかそうとしたら、叩き切……れないでしょうから、ふん縛って埋めます。今のところはまぁ、放っておこうかと」

肩を竦《すく》めるダグに笑って背を向け、俺は行き慣れた部屋に向かう。

扉を叩くと、トカゲの姿の彼が満面の笑みを浮かべて出迎えてくれた。

「いらっしゃい、ラトくん」

そんな彼の姿を見て、俺も笑みを浮かべるのだった。

# 第5章　トカゲなお買い物

ガズスとの戦が終わって数ヶ月。

私がセントールにやってきて、はじめての冬が来ました。

――寒い。果てしなく寒い。薄い上掛けだけでは、凍死しそうなほどの寒さです。

私はベッドの中で丸くなりながら、ぶるりと体を震わせました。

昨日まで暖かかったのです。眠る時は薄い上掛け一枚で充分でしたし、お昼にはラトくんや侍女さんたちとのんびり外でお茶ができるくらい、穏やかな秋の天気でしたのに……

ちなみに、ダグさんにはお茶をお断りされました。もう少し仲良くなれれば、と通りすがりのダグさんを誘ってみたところ――

「トカゲ茶なんて、まっぴらごめんだ」

「ものすごく人聞きが悪い！　普通の紅茶ですよ！　トカゲの干物《ひもの》は入っていませんよ！」

ダグさんは、語弊《ごへい》のある言葉を放って立ち去りました。私だって嫌ですよ、トカゲ茶なんて。

それにしても、今日は一体何が起こったのかと尋ねたいくらい、本当に寒いです。冬将軍の訪れでしょうか。呼んでないのでお帰りいただきたいです。

私は、もそりとベッドから起き上がりました。

「ううう……寒い寒い、さむい……」

トカゲは変温動物なので、この寒さはきついです。というか——

「さむい……ねむい……」

あまりの寒さに、体が冬眠をすすめてきます。すすめるどころか、強制シャットダウンに近いほど。

トカゲの世界では、ほとんど冬眠したことがなかったんですけどねぇ。

今の眠気は、三日徹夜をして挑んだテスト当日に襲《おそ》ってくる、悪魔の眠気のようです。そうです、前世でそんなことがあったのです。あ、そのテストは赤点でした。

「はっ！」

あまりの眠気に、意識が飛びかけました。ぶるぶると頭を振り、どうにかベッドを下ります。

「ぺん……らとくんと……かえさに……でんごんを……」

眠気のあまり、きちんと話せている気がしません。ベッド脇の机にふらふら移動し、そこに置かれていた紙に、走り書きをしました。

『すみません、春まで冬眠します』

そのまま本能に追い立てられるように、私は部屋を出て階段を下り、中庭までずるずると移動します。そして鱗《うろこ》に覆《おお》われた手を、中庭の地面に刺しました。シャベルのごとく手を使い、さっくさくと柔らかな土を掘り起こします。

二メートル以上もの深さがある穴を掘り終えた私は、達成感とともに、倒れ込むように中に潜《もぐ》りました。もはや意識は朦朧《もうろう》としています。

土のベッドはほんわか暖かく、窒息しない程度に柔らかい隙間を作ってくれています。私は誰にともなく呟《つぶや》きました。

「おやすみなさい……」

眠くて他のことなど考えられません。私はそのまま、すっと眠りに落ちました。

「……!! ……、ノエリアっ！」

悲鳴のような声が聞こえ、ばしばし顔を叩かれている気がしました。痛くはないのですが、眠気が限界突破なのです。ご用の方は、春になってからお越しください。ああ、眠い。

意地でも起きるものかと目を閉《と》じたまま、私は騒音が去るまでじっと待つつもりでした。

体がひんやり寒い気がして、土の奥深くに潜《もぐ》ろうとしたところ、手が空を切ります。……どうやら土から出ているみたいです。誰かが私の背と肩を支えているようでした。

「ノエリア、頼む、起きてくれ！　ノエリア！」

「……」

「ノエリア!?」

顔をしかめると、ガクガク揺さぶられました。冬眠中の生き物がどれほど静寂と睡眠を求めているか、思い知らせてくれよう――とうっすら瞼《まぶた》を開けると、今にも泣き出しそうなラトくんの姿が目に入りました。

「……えっ」

どうしたのでしょう。一体何が？

思わず眠気も忘れてぽかんと口を開くと、彼は私の顔を見て叫びました。

「ノエリア、無事か⁉」

……はい？

寝起きなので、頭が上手く動いてくれません。

えっと、どちらかというと、冬眠中の爬虫類《はちゅうるい》をですね、無理やり起こすほうが危ないと思うのですよ。

ぼうっとしながら目を瞬《またた》かせていると、ラトくんが険《けわ》しい表情を浮かべました。

「誰がこんなひどいことを⁉　ダグか⁉　あの野郎、縛って埋めるぞ！」

激怒しているラトくんですが、何を言っているのでしょう。とりあえず、ダグさんが縛られて埋められるかもしれないことしか、わかりませんでした。ダグさんには、そんな趣味があるのでしょうか。

きょとんと首を傾《かし》げていると、ラトくんは私の服についた土を手でぱらぱら払ってくれます。

周囲を見回すと、すぐ隣にある大きな穴が目に入りました。私が掘った穴です。

もしかしてラトくんが私を掘り起こしたのでしょうか。

「どうしたんですか、ラトくん」

また戦が起こったのでしょうか。あるいは、ラトくんに何かトラブルがあったとか。

心配して尋ねると、ラトくんは私が怪我をしていないか確認しつつ、険《けわ》しい顔で言いました。

「それはこっちの台詞《せりふ》だ。誰に埋められたのか言ってくれ。許せない。あなたをこんなひどい目に遭《あ》わせたのは誰なんだ？」

えっ。

埋められた……誰に……ひどい目……

寝起きの頭がだんだん冴《さ》えてきました。何か誤解されている気がします。

「ラトくん、あの、違うんです。私はですね、自分で埋まったんです」

「ノエリアが優しいのはわかっているけど、自分を殺しかけた相手を庇《かば》う必要なんかない」

ラトくんの声は殺気立《さっきだ》っていて、私は慌てて首を横に振ります。

「いえ、本当にあの、違うんです、冬眠を――」

しようと思ったんです、と伝える前に、驚いたような声が後方で聞こえました。

「うわぁ、なんですかこの大きい穴！」

ダグさんでした。彼はちょっとタイミングが悪いと思います。

ラトくんはダグさんに鋭《するど》い視線を向けました。

あ、ちょっと待って、あの、違うんですって！

「ラトくん、ラトくん、本当に、違います！　私は冬眠しようとしていただけなのです！」

「ダグ、ちょっとこっちに来い！」

とばっちりを受けたダグさんには、本当に申し訳ないことをしました……

――その後、ラトくんの誤解は解け、私は再び土のベッドで眠りにつきました。そして三ヶ月ほどが経ち、穴から這《は》い出た時に見たものは……

「トカゲ、ここに眠る」という手書き看板を引っこ抜いたラトくんが、ばれたという表情のダグさんを追いかけている様子でした。

もしダグさんがラトくんに縛られて埋められたら、掘ってあげねば……そんなことを考えつつ、私は大きな欠伸《あくび》をして、誰にともなく挨拶《あいさつ》をするのでした。

おはようございます。

◆◇◆

冬眠から目覚めて、二週間ほど経ちました。

この頃、ラトくんは執務の合間を縫《ぬ》って毎日私の部屋に来てくれます。

「ラトくん、お仕事は大丈夫ですか？」

私が尋ねると、向かい側の席に座ったラトくんは笑って頷《うなず》きます。

ラトくんの身長はすっかり伸びて、顔立ちも随分《ずいぶん》変わりました。冬眠前には幼さの残る少年の姿でしたが、今は上品で端整な顔をした青年です。私が眠っている間に肉体年齢が上がったようで、今は三十歳くらいとのこと。

ラトくんはお茶に手を伸ばしつつ、口を開きました。

「執務は、ほとんど終わっている。細々《こまごま》とした仕事はあるが、しばらくはかなり余裕があるな」

ラトくん、真面目ですものねぇ。うんうんと頷《うなず》く私に、カエサがクスクス笑いながら囁《ささや》きました。

「ノエリア様が眠っている間、陛下は『仕事以外やることがない』と嘆《なげ》きながら机に向かわれていました。ノエリア様が起きるのを心待ちにされておりましたよ」

くすぐったいような気分で「ふふふ」と笑うと、ラトくんも微笑《ほほえ》んでくれます。

冬眠明けのこの時期を、こんなに穏やかな気持ちで過ごせるなんて。

トカゲ世界にいた頃は、武器を装備し、発情期の雄《おす》を空の彼方《かなた》へ飛ばしていたなぁと思い返します。私も冬眠明けですが、鏡を見ても目の色は変わっておらず、発情期はなさそうでホッとしました。

カップを手にすると、紅茶の湯気がゆらりと立ち上り、良い香りが漂《ただよ》います。ラトくんの空《から》になったカップにカエサが紅茶を注ぐと、彼は思い出したように言いました。

「戦も終わり、魔力もずいぶん回復した。ノエリア、何か困ったことはないか？　今なら、魔法であなたの手助けもできそうだ」

「困ったこと？」

私が尋ねると、彼は頷《うなず》きました。

「ああ。近いうちに国内各地を回って、ガズスとの戦によって受けた被害を魔法で修復する予定でいる。焼けた大地を元に戻したり、枯《か》れた井戸を修復したりな。その際に魔力はある程度なければならないが、それまで時間も充分にあるし、魔力にも余裕がある。もし何か困ったことがあれば、気軽に言ってみてくれ」

私は「うーん」と首を傾《かし》げました。私は土地も井戸も持っていませんし、今のところ困ることはないと思うのです。すると、ラトくんが付け加えました。

「些細《ささい》なことでも大丈夫だ。老人の腰痛を治すことだってできるぞ」

「あはは、なんでも屋さんみたいですねぇ」

「王なんて、そんなもんだ」

ラトくんは笑って肩を竦《すく》めた後、紅茶を一気に飲んでカップを置きました。

「何かあったら、いつでも言ってくれ。では、そろそろ執務室に戻る。またな」

「はい、ラトくん。行ってらっしゃい」

笑顔でラトくんを見送った後、私は再び紅茶に手を伸ばします。そして——

「あっ」

ぽんと手を叩きました。いえ、鱗《うろこ》なのでガチンという音がしましたが。

困ったことというか、相談したいことはありました。明日でもいい気がしたのですが、せっかく思い出したので、聞くだけ聞いてみましょう。

「カエサ、ちょっとラトくんのところに行ってきますね」

「行ってらっしゃいませ、ノエリア様」

食器を片づけはじめたカエサに声をかけて、私は部屋を後にしました。

仕事を再開するまでまだ時間があるから大丈夫、というラトくんに促《うなが》され、私は執務室のソファへ腰かけました。

さっそくラトくんに、相談をしてみます。

「買い物？」

私の話を聞いて首を傾《かし》げたラトくん。私は大きく頷《うなず》きます。

「はい。春になって、街のお店の品揃えが変わったとカエサに聞いたのです。ぜひ買い物に行きたいのですが、トカゲの姿で行くと目立ってしまいますし……ローブを被った怪《あや》しい格好で行くこともできますが、お店の人にものすごく警戒されちゃいそうで。何か良い案はないでしょうか？」

「欲しいものがあるなら、城下の店の者を呼び寄せて、王城に商品を持ってこさせようか？」

「……」

なんというセレブなお買い物。

そういえば、ラトくん王様ですものね。今、すごく納得しました。

でも違います、そうではないのです！

私はぶんぶんと首を横に振りました。

「違います、買い物に行きたいのです！　店を回ってうろうろするのが楽しいのですよ！」

そんなものか？　と言いたげなラトくんですが、そうです。買い物が嫌いな女の子は、めったにいないと思うのですよ。一時間でも二時間でもお店を見て回り、楽しくお買い物。家に帰った後も、買ったものを広げたり着てみたりして楽しめます。なんとすばらしい。ビバお買い物。

期待にしっぽを揺らす私に、ラトくんは提案しました。

「じゃあ、幻術でもかけてみるか？」

「幻術⁉」

脳裏に、ガズスとの戦いで、兵のみなさんがトカゲパニックに陥《おちい》った時の光景が浮かびました。お店の人もトカゲ、道ゆく人もトカゲ。そりゃあ私も紛れ込めるでしょうが、平和な城下町が大パニックになりそうです。

恐ろしい光景を想像する私に、ラトくんは笑って言いました。

「いやいや、違う。そっちじゃない。ノエリアを人間に見せかけるんだよ」

「おおおおお！　いいですね！」

それは素晴らしい！　パニックを起こさず紛れ込めますね！

両手を上げて大賛成したところで、はたと気づきます。そういえば、私の鱗《うろこ》って——

「あれ、でも私に魔法は効かないのでは？」

「いや、効かないのは攻撃だけだろう。トカゲの世界にいた時、ノエリアに魔法を使ったことがあるんだ」

ラトくん曰《いわ》く、トカゲの世界で私と手を繋いだ時に、感情を読み取ることができる魔法をかけたのだそうです。なるほど、それでラトくんの警戒心が薄れたのですか。納得です。

うんうんと頷《うなず》く私に、ラトくんは少し申し訳なさそうにしています。

「ノエリアの了承も得ずに、勝手に読み取って悪かった」

「いえいえ、むしろ良かったですよ。意志の疎通《そつう》ができなくて、困ってましたからね」

「そう言ってくれると、ありがたい。ノエリアの鱗《うろこ》は攻撃魔法は弾き返すみたいだが、他の魔法は効くだろう。異界渡りも成功したからな」

「じゃあ、幻術は大丈夫そうですか？」

「ちょっと今、試してみるか？」

「はい！」

それは楽しそうです。喜びの視線をラトくんに向けると、彼は笑みを浮かべて、私を鏡の前へ連れていきました。

執務室の本棚の横には、全身を映す大きな鏡があります。

三十歳のラトくんと私は、同じくらいの身長です。鏡に映るのは、民族衣装を着た巨大なトカゲの姿。その肩に、黒髪の青年ラトくんが手を置きます。

「そうだな……ノエリアがもし人間だったらどんな姿になるか、見てみようか」

「すごいです、お願いします！」

満面の笑みの私を見て、ラトくんも嬉しそうに頷《うなず》きます。

「ノエリアのことだから、かなり男前になるんじゃないか」

んん？　あれ？

あ！　そうです。ラトくんは、私のことを雄《おす》だと思っていたんでした。何度か訂正をしようと思ったのですが、タイミングが悪く、言えずじまいだったんですよね。

もしかして、このままだと男の姿になるのでしょうか。

「あの、ラトくん」

「じゃあ目をつぶって。さーん」

訂正しようと口を開きましたが、カウントダウンがはじまったので、慌てて目をつぶりました。

まあ、雄《おす》でも雌《めす》でも特に支障はなさそうですし。

「にーい、いーち」

一体どんな姿になるのでしょうか。前世での外見は、うろ覚えではありますが、ごく普通の女の子だったはず。当時の姿になるのか、あるいは別の男の人になるのか。わくわくですね！

「……え？」

ゼロのカウントのかわりに、ラトくんの呆然とした声が聞こえました。私は待ちきれず、つい目を開いてしまいます。

「……わあ！」

鏡には、きらきら目を輝かせている少女と、完全に固まっているラトくんが映っていました。

少女は、黒くてさらさらのロングヘアーに、ぱっちりとした二重。鼻筋が通っていて唇はぷっくりと赤く、眉は可愛らしいカーブを描いています。

思わず顔を触ってみましたが、残念ながら触感は鱗《うろこ》でした。がっかりです。

でも、これは確かに可愛らしいです。トカゲ族で言うところの絶世の美少女にも納得です。実際の年齢より若く見えるのは、偏食《へんしょく》で育ちが悪かったせいでしょう。見た感じ、胸も全然ありませんね。ぺったんこです。

自分の胸を覗き込んでいると、ラトくんが悲鳴を上げて飛びのきました。

「わ、わあああああ‼」

「え？」

私は、振り返って首を傾《かし》げます。彼は目を見開き、呆然とした表情で、背中を壁に付けていました。一体どうしたのでしょう？

「どうしました、ラトくん？」

ラトくんは、首をぶんぶんと横に振ります。

「ノ、ノエリア⁉」

「はい。どうしました？」

彼はかなり動揺しているみたいで、何かあったのかと不安になります。

「なん、で、なんで……」

ラトくんの思考回路は、ショートしてしまっている様子。大丈夫でしょうか。

「ラトくん、大丈夫ですか？　具合が悪いようでしたら、誰か呼んできましょうか？　お医者様かダグさんを……」

「だ、駄目だ！　待ってくれ！」

扉へ向かおうとした私を止めて、必死に首を振るラトくん。彼は私の全身をまじまじ見ると、ふ

らふらソファに突っ伏しました。

あのー、ラトくん？

「……ノエリア、正直に、答えてくれ……」

絞《しぼ》り出すようなラトくんの声は、悲哀《ひあい》に満ちています。

私は白い両手を握って、少し上げて見せました。おお、手に鱗《うろこ》がない。ちょっと弱そうですが、新鮮ですね！

「はい、私はラトくんに嘘をついたことはありませんよ」

「……ノエリアは……女なのか？」

「はい」

ああ、やっぱり先に訂正すべきでしたかね？　急に雌《めす》だとわかって、びっくりしたのでしょうか。

「と、年は……」

「精神年齢は三十八歳ですよ」

前世では二十歳で命を落としました。そして今世の私は、現在十八歳。二つを足してみたのですが、ラトくんはぶんぶんと首を横に振りました。

「違う！　精神年齢じゃなくて、実際の年齢は⁉」

「はぁ……一応、十八ですね」

「……じゅうはっさい……」

呻《うめ》くラトくんは、魂《たましい》が抜け出てしまったかのようでした。何が彼をそんなにも追いつめたのでしょう。

「ラトくん、大丈夫ですか？」

「……」

ソファに突っ伏したまま黙り込んだラトくん。心配で肩を揺さぶりましたが、反応はありません。屍《しかばね》のようです。

「やっぱりお医者様を呼びましょうか？」

「頼むノエリア、一生のお願いだ。その幻術が解けるまで、俺の傍《そば》にいてくれ！」

「はあ、もちろんいいですけど」

そんなものに一生のお願いを使っていいのでしょうか。

私がラトくんの隣に膝をつくと、彼が呟《つぶや》きました。

「……違うんだ。ずっと男だと思ってたんだ！　俺の風呂の世話をしてくれたし、寝る時も一緒だったし、でもノエリアは何ひとつ気にした様子がなかったから……！」

「大丈夫ですって、ラトくん。あの時のラトくんは病人で子供でしたし、そもそも異種族ですからねえ。女というより雌《めす》ですし」

私は、彼をのんびり宥《なだ》めます。

「なんでそんなに若いんだ……」

「精神年齢は三十八歳ですよぉ」

「一体どこで二十歳も足されたんだ⁉　幻術がかかった瞬間、心臓が止まるかと思った！」

「だーいじょうぶですってば、十八も三十八も似たようなものですって」

「全然違う！　先に言ってくれれば……言ってくれれば、絶対に戦場へなんか出さなかった！」

「あ、トカゲ族の雌《めす》は、鱗《うろこ》が鮮《あざ》やかな緑でしてね、雄《おす》はちょっとくすんだ緑なんですよー」

「今説明されても、頭に入る気がしない！」


その後、三時間ほど経って、屍《しかばね》のようだったラトくんはなんとか身を起こしました。そしてぽふんという音とともに、私はトカゲの姿に戻ったのです。

ちょっと残念ではありましたが、なんだかんだで見慣れた姿ですからね。緑の鱗《うろこ》に覆《おお》われた手を、にぎにぎ開いたり閉《と》じたりしてみます。ラトくんは、そんな私を遠い目で見つめていました。

心配になって、再度問いかけます。

「あのー、ラトくん。本当に大丈夫ですか？」

「……走馬燈《そうまとう》が見えた」

彼のライフは、ゼロに近いようです。しっぽを下げて、ラトくんに謝りました。

「無理を言っちゃって、すみません。買い物は我慢しますし、雄《おす》だと思ってもらったままで大丈夫ですからね」

「……っ！」

彼は我に返った様子で、首を横に振りました。

「ち、違う！　ノエリアが謝ることではない！　買い物だって、行きたいならまた幻術をかける！

むしろ謝りたいのは、俺のほうだ。勝手に男だと思い込み、戦場に向かわせ、その、さまざまな世話をさせてすまなかった」

「私が言いそびれていたのが悪いわけですし、気にしないでくださいね」

「いや、ノエリアは、男だと思い込んでいる俺に事実を伝えづらかったんだろう？　その気持ちはわかる。やっぱり俺が悪い」

ラトくんは私に手を伸ばしかけて、ぴたりと止めました。そして私から視線を逸《そ》らし、手をぎゅっと握りしめます。

「……だけど、その……見た目で判断して悪いが、ノエリア、トカゲの世界で、十八歳というのは、まだ子供なのか？　もっと幼く見えたんだが」

「えっと、基本的には二十歳で成体です。十五歳まで学舎で学び、その後は働いたり嫁に行ったりします。嫁に行った雌《めす》は、十六で成体扱いされますね。私は偏食《へんしょく》だったので育ちが悪くて、他のトカゲより見た目が小さいのですよ」

「なるほど……うん。じゅうはっさい……」

ラトくんの中で、十八歳という言葉が回っているようです。なんだかゲシュタルト崩壊しそうな勢いですね。大丈夫でしょうか。

きっと筋骨隆々《きんこつりゅうりゅう》のミドルマッチョを想像していたのでしょうに、美少女が「こんにちは」したせいで、困惑したのだと思います。心中お察しします。

「人生は驚きの連続ですよね！」と慰《なぐさ》めましたが、引きつった表情を浮かべるラトくんでした。慰《なぐさ》めは失敗のようです。

数日後、「最近、陛下の様子がおかしい。お前、何かやったか？」とダグさんに睨《にら》まれました。

「十八歳について考えすぎて、ゲシュタルト崩壊したのではないでしょうか」と伝えたところ、ダグさんからはいつものように「はぁ？」と呆《あき》れた声が返ってきたのでした。

◆ ◇ ◆

ある日の深夜、王の部屋にて――

「……なあ、ダグ」

呻《うめ》くような声が王の口から漏《も》れ、近衛師団長であるダグラスは「はいはい」と相槌《あいづち》を打つ。

最近、王の様子がどうもおかしい。心配したダグラスはある日の深夜、酒を持って王の部屋を訪れた。

ちびちびと酒を飲んでいた王だが、ようやく何か話す気になったのか。ダグラスがホッとして視線を向けると、王は暗い表情で尋ねてきた。

「ノエリアは……今、近衛師団預かりか？」

「ええ、まあ。といっても、通常訓練には出ない、臨時兵としての扱いですけどね」

何しろあの風体と怪力。どの兵もさほど剣を交えないうちに、必ず力負けする。ノエリアが黒鉄を手にした場合は、武器まで壊される。

唯一相手ができるのはダグラスだが、彼とて、戦った後は手が痺《しび》れてしまうほどだった。

「訓練くらい手加減しろ、化け物め」

前より親しみのある口調で吐き捨てたダグラスに、ノエリアは「全力で来いと言ったのはダグさんなのに!?」と口を尖《とが》らせた。

とはいえ有事の際には、セントールの大きな力となる。日々の訓練には参加しないが、定期的に行われる軍事練習には参加し、ノエリアは近衛兵やナガール騎士団とも親交を深めていた。

兵たちにとって、今やノエリアは信仰の対象となっている。「トカゲの初代様」「軍神様」などと裏で囁《ささや》かれているのだ。

ダグラスは、『ノエリアが初代セントール国王の別の姿だ』という噂を信じていない。だが、それで他の者が安心するならいいかと、その噂を否定しなかった。

そのノエリアが、一体どうしたのか。ダグラスが促《うなが》すように視線を向けると、王はぽつりと呟《つぶや》いた。

「ノエリアを……今後、戦に出さないことは可能か？」

「はあ!?」

ありえないとばかりに、ダグラスは首を横に振った。ノエリアは、あのトカゲは、セントールにとって重要な戦力だ。魔法も武器も効かず、倒しようがないトカゲ。そんな化け物に対峙《たいじ》しようとする猛者《もさ》など、そうそういない。

ノエリアが戦地に立つと、敵は怯《おび》え、味方は奮《ふる》い立つのだ。当初は、味方も怯《おび》えていたが。

確かに、冬に眠ってしまうという問題はある。その間は戦場に立てないが、他国への牽制《けんせい》にはその名を使えるだろう。

それを戦力から外すとは、何を言っているのか、うちの王様は。ダグラスは首を横に振った。

「いやー、そりゃないでしょう、さすがにないですなー」

王は、暗い表情で息を吐く。

あのトカゲがどうかしたのか、とダグラスは再び眉をひそめた。

ダグラスは、はじめの頃こそ、異形の化け物を恐れて警戒し、王に呪《のろ》いがかけられたのではないかと疑っていた。しかし隣国ガズスとの戦いで、ノエリアを見る目が変わったのも事実。戦が終結したのは、ノエリアの力によるところが大きい。信頼とまではいかないが、ノエリアを殺したり追い払ったりする気はもうなかった。何より、ノエリアが王に向ける信頼と愛情は、ダグラスのそれに引けをとらない。

あのトカゲの存在については、認めているつもりだった。

しかし、今日の王はどうしたことか。やはり様子がおかしい。

王は、再びあおるように酒を飲み出した。付き合って杯を傾《かたむ》けるダグラスに、王はぽつりと尋ねる。

「……ダグ、お前、十八歳の美少女が戦場に出ていたらどう思う?」

「はあ!?」

斜め上のおかしな質問に、眉をひそめるダグラス。

……この王は大丈夫なのだろうか。酔っているのか、真面目に阿呆《あほう》なことを言っているのか。

王に訝《いぶか》しげな目を向けるダグラスだったが、相手はどうやら返事を待っているらしい。

──十八歳、美少女、戦場。ふむ。

「それは味方ですか、敵ですか？」

「どっちでも」

「はあ……」

しばし考えて、ダグラスは素直に答えた。

「味方なら、邪魔だ下がってろと言って襟首引っつかんでどけるでしょうなぁ」

「敵なら？」

「捕まえて連れ帰って、口説《くど》きますかねぇ」

「……」

「なんですか、その引いた視線は」

王は「うわぁ……」といった視線を向けてくる。

「だって戦場に美少女でしょ？　そんなもんじゃないかと」

「お前に見せなくて正解だった」

「はい？」

再び眉をひそめたダグラスに、王は深いため息をついた。

ダグラスの答えに、こっそりと王は頭を抱えていた。やはり、先日の自分の判断は正しかったらしい。

幻術をかけられた後、ノエリアは様子のおかしい王を心配し、ダグラスを呼ぼうとした。もし呼んでいたら間違いなく面倒なことになっていただろう。ダグラスのことだ。目の保養だとか言って、事あるごとにノエリアに幻術をかけるよう言うに違いない。絶対かけるものか。

訝《いぶか》しげなダグラスの視線は黙殺《もくさつ》し、王は再び大きなため息をつく。いくら考えても、なかなか結論は出なかった。

彼――いや、彼女をこのまま戦場に出していいのだろうか。

ノエリアが望んだから、戦場に立たせた。「ラトくんの役に立ちたいのです」という言葉に、男なら武功を立てたいのだろうと、許可したのだ。

しかし実際の姿を知った今、彼女を戦場に立たせることに、かなりの抵抗を感じる。

ノエリアなら死なない、と思う自分もいる。けれど『死』は、いつ誰に訪れるかわからない。

王は再度頭を抱えて、酒の杯をあおった。

鬱屈《うっくつ》とした様子で悩む王に、ダグラスは首を傾《かし》げた。

何かあった、それはわかる。そして、トカゲが原因であることも。

おそらく仲違《なかたが》いしたわけじゃないだろう。王はトカゲの身を案じている。その身を案じるあまり、改めて戦場に立たせたくないと思ったのかもしれない。

「まあ、飲みましょうか、陛下」

言いたくないなら、それでいい。今の自分にできるのは、王に酒を注《つ》ぐことぐらいだ。

黙って頷《うなず》く王に酒を注ぎながら、ダグラスは考える。自分にできることはなさそうだが、王を悩ませている当事者であれば……

「あのトカゲも、酒に誘いますか？」

「駄目に決まってるだろうが」

しかし、王は即座に却下した。首を傾《かし》げるダグラスに、王は据《す》わった目で宣言する。

「酒は二十歳になってからだ！」

「……はぁ」

どうしちゃったのか、うちの王様は。ダグラスは、またも頭を横に振った。


「頭が痛い……」

夜が更《ふ》けるまでダグラスと酒を飲んだ日の翌朝。

王は頭痛をこらえるように、額に手を当てた。完全に二日酔いである。

周囲を見回してもダグラスはいなかった。おそらく自分の屋敷に戻ったのだろう。

王は机に置かれていた水差しを手に取り、一気に飲んだ。生ぬるい水が喉を通っていく。

はぁ、とため息をついてソファに腰かけていると、王の部屋の扉がコンコンと叩かれた。

入室《にゅうしつ》を許可すれば、扉がゆっくり開かれる。そこには、彼の悩みの原因が立っていた。緑の鱗《うろこ》に覆《おお》われた、巨大なトカゲである。

「今朝、ダグさんがラトくんのところに行ってこいと言っていたので、顔を出しましたよ。あれ、ラトくん、二日酔いですか？　珍しいですねぇ」

ぱたぱた寄ってきたノエリアに、王は戸惑いの表情を浮かべる。

「ノエリア……」

「飲みすぎちゃ駄目ですよ、ラトくん。何かあっさりしたものを作ってもらってきましょうか？」

めっ、と窘《たしな》める彼女の声はとても柔らかく、耳にすっと入ってくる。

どうして気づかなかったのだろうか。料理が好きで、侍女とも仲が良く、いつでも穏やかな口調の彼女。行動の端々に、女性であるとわかるヒントがあったのに。

——ああ、そうか！　彼女がシェスタに乗れた理由がわかった！　あの馬は、女子供に優しい。だから、シェスタはノエリアを気に入ったのか。

無性に自分が滑稽《こっけい》に思えてきて、王は苦笑した。するとノエリアは、首を傾《かし》げて尋ねてくる。

「頭痛がひどいのですか？　お薬をもらってきましょうか？」

「ああ、いや。大丈夫だ。その……」

王は思い切って口を開いた。

「ノエリア、次にもし戦が起こったら……城で待つか？」

「ええっ？」

何を言っているのか、というような叫びを上げたノエリア。彼女は丸い目をさらに見開き、パチパチ瞬《またた》かせた。やがて合点《がてん》がいったのか、笑みを浮かべる。

「ダグさんが、ラトくんの様子がおかしいと言っていましたけど、その通りでしたね。もしかして、この前のことをまだ気にしていますか？」

風呂に入れられたり着替えを手伝ってもらったり食事を食べさせてもらったり……色々な記憶が頭をよぎり、王はぴしりと固まった。

そんな王には構わず、ノエリアは腰に手を当てて言う。

「もう、馬鹿なこと言わないでください、ラトくん。戦に出られないトカゲなんて、ただのトカゲですよ！　私が出ても出なくても、ラトくんは戦に出るのでしょう？」

「それは、もちろん」

セントールの王は、民のために生きて、民のために死ななければならない。不毛の地があれば魔法で豊かな緑を生み出し、民の暮らしに不便があればそれを除きに行く。そうして使った魔力は民を幸せにし、王は若さを維持できる。戦ともなれば、すべての力をもってして、平和のために尽力する必要がある。

王の返事に、ノエリアは力強く頷《うなず》いた。

「じゃあ、私が城で待つわけないじゃないですか。一緒に行きますよ、どこまでも」

ノエリアの言葉には、遠慮も恐れも何もなかった。その大きな目は、まっすぐ王に向けられている。

「ラトくんの傍《そば》で、ラトくんを守りたいのです」

ひたすら信頼を寄せてくれるノエリアに、王は思わず黙り込む。

彼女は、悪戯《いたずら》っぽい表情で付け加えた。

「雌《めす》だから駄目だというなら、今日から雄《おす》として扱っていただいて結構ですよ。私も『オッス！オラ、ノエリア！』って挨拶《あいさつ》をしますからね」

想像した。ものすごく嫌だった。彼女に「オッス！」と言われたら、即座に熱をはかってベッドに放り込むレベルである。

「……わかった。すまない、ノエリア。今の言葉は撤回する。心から撤回するから、それだけはやめてくれ」

両手を上げて、王は降参した。結局のところ、彼だってノエリアに傍《そば》にいてほしいのだ。

彼女の答えは、くすぐったくも嬉しいものだった。

ここ数日もやもやしていたものが晴れた気がして、王は笑う。ノエリアも、ホッとした様子で笑った。

「えへへ、わかっていただけて良かったです。ちなみに、あれですよ。『オッス』と『雄《おす》』をかけたんですけど、気づきました？」

王は笑顔のまま、どや顔のノエリアの額に手をあてる。そして「熱はないけど寝たらどうだ、ノエリア？」とすすめたのだった。

◆
◇
◆

ラトくんに幻術をかけてもらった日から、二週間ほどが経ちました。

一時ライフがゼロになったラトくんも、なんとか復活したみたいで、良かったです。

そんな彼に頼みごとがあって執務室にやってきた私は、コンコンと扉を叩きます。

「やあ、ノエリア」

本棚に寄りかかって書類を読んでいたラトくんが、こちらに笑顔を向けてくれます。今のラトくんの姿は、変わらず三十歳くらいです。

「ラトくん、ちょっといいですか？」

「ん、どうした？」

「私をマッチョな男性にする幻術をかけてほしいのです。お願いできますか？」

鳩が豆鉄砲をくらった顔というのは、こういう顔を言うのでしょう。ラトくんは目をまん丸にして固まりました。


「……意味がわからないんだが、どういうことだ、ノエリア」

ちょっとそこに座れと言われて、私はラトくんと向かい合うように、長椅子に座りました。

「えっとですね、侍女のカエサとリオサと、街に行くことになったのです」

リオサは、カエサの双子の妹です。カエサ同様、私のお世話をしてくれています。

以前はトカゲな私に怯《おび》えて、よく食器を落としていたリオサですが、私がカエサと仲良くなったのを機に、リオサもやがて打ち解けてくれました。

二人とも美人さんですが、カエサはちょっと大人びたお姉さんタイプで、リオサは元気で明るいタイプです。

今朝、カエサは「ノエリア様さえよければ、一緒に買い物に行きませんか？」と誘ってくれました。二週間前、私が「買い物に行きたい」と話していたのを覚えていたみたいです。私はとても嬉しくなりました。

「でも、やっぱりトカゲの姿だといろいろ不便がありまして。できれば、ラトくんに甘えたいなぁと」

「それは構わないんだが、なんで男にするんだ？　ノエリアは本来、女なんだし、人間の女でも……。いや、街に買い物……駄目だ、あの姿じゃ騒ぎになりそうだ」

額に手を当てて、首を横に振るラトくん。

トカゲ姿で行くよりマシだとは思うのですが、やっぱり駄目でしょうか。

しょんぼりしっぽを下げると、ラトくんは慌てて言いました。

「あ、いや、違う。幻術をかけるのが嫌なのではなく……その、どうしてマッチョな男に？」

「カエサもリオサも、とっても可愛いでしょう。二人だけで街に出ると、ナンパされて鬱陶《うっとう》しいそうなのです」

少女の姿をした私ですと、見た目が弱そうですからね。カエサたちを守るのは難しそうです。そこで、筋骨隆々《きんこつりゅうりゅう》の男にしてもらおうと思いました。

眉間に皺《しわ》を寄せながら、ラトくんは頷《うなず》きます。

「……確かに。カエサとリオサとあのノエリアなら、ものすごい勢いで男が寄ってきそうだな」

「がっしりした男の姿になれば、問題ないと思うのです」

複雑な表情のラトくんでしたが、「まぁノエリアの頼みなら」と膝をつき、私の手を取りました。

「今でいいのか？」

「はい、これから出かけるのでお願いします」

「じゃあ、かけるぞ。ノエリア、目を閉《と》じて」

「はい!!」

どんなマッチョになるのか楽しみで、わくわくと目を閉《と》じました。

すると一筋《ひとすじ》の風が体を吹き抜けたような感覚がして……

「っつ……！」

ラトくんの鋭《するど》い声に慌てて目を開けると、手を押さえている彼の姿が見えました。

「えっ!?　ラトくん、大丈夫ですか！　どうしたのですか!?」

ラトくんの手を取ったところ、少し赤くなっているだけで、なんともないようでした。良かった。

……て、えーと？　あれ？

目に映る私の手は、小さくて白くて、なんだか可愛らしく見えます。

思わず立ち上がって執務室の鏡の前に向かうと、以前見たことのある少女の姿がありました。そう、女の子の私です。

「ラトくん、あの、これって」

振り返ってラトくんに問いかけると、彼も驚いた様子でした。やがてラトくんは、眉間に皺《しわ》を寄せて言います。

「……すまん、ノエリア。逞《たくま》しい男に見えるよう幻術をかけたのだが……一部の魔法が跳ね返された」

「跳ね返された……?」

「原因ははっきりわからないが……『性別を変える』という点について、ノエリアの体が攻撃魔法と捉《とら》えたのかもしれない」

「なるほど、この鱗《うろこ》のせいですか」

うーん、いつもはありがたい鱗《うろこ》ですが、こういう時には困ったものですね。手の甲に軽く触れると、やっぱり鱗《うろこ》の感触がしました。

白くて柔らかそうな肌なのに、触れたら鱗《うろこ》だなんて、とんでもないくらいの詐欺っぷり。

くるりと体を回すと、鏡の中の女の子も回りました。しっぽもないですし、これはこれで大丈夫でしょうか。

「うん、でも全然オッケーです。ラトくん、ありがとうございました。それでは、私はこれで……」

「待て、待てノエリア。どこに行く気だ」

踵《きびす》を返そうとしたところ、ラトくんが私の手を掴みました。

「え、ですから、カエサたちとショッピングです」

今、カエサたちはお出かけの準備をしてくれているのです。前回の記憶によると、幻術の効果が続くのは三時間くらい。早めに行かなくては。

「……カエサとリオサと、ノエリアで？」

「はい！　すっごく楽しみにしていたのです！」

わっくわくです。弾《はず》んだ声で返事をすると、ラトくんは黙り込みます。

苦虫を噛《か》みつぶしたような表情ですが、どうしたのでしょう。

「……俺も行っていいか？」

「へ？」

女の子同士のショッピングですよ。たくさんのお店を見て回って、きゃーこれかわいいー、とかそんな感じになるかと思います。一緒にいて楽しいものでしょうか。

私が首を傾《かし》げると、ラトくんは静かに言いました。

「違う、護衛役だ。いいか、絶対にその面子《めんつ》だけで裏路地とかに行くなよ」

一見弱そうでも、所詮は幻術でそう見せかけているにすぎませんからね。りんごどころかナイフさえ片手で折れるので、大丈夫だと思います。

まぁ、カエサたちがいるので、さすがにそんなところへは行きません。私はともかく、彼女たちが襲《おそ》われたら大変です。

「ラトくん、私がいれば大丈夫ですよ？」

「いや、そういうことじゃない。とにかく、頼むからついていかせてくれ」

「でもラトくん、お仕事は大丈夫ですか？　なんならダグさんに――」

「それだけは絶対にやめてくれ！」

断固として断るラトくんに、首を傾《かし》げながらも私は頷《うなず》いたのでした。


「お待たせしました！　カエサ、リオサ」

私が部屋に戻ると、二人は笑顔で私を迎えてくれました。どうやら準備は終わったようです。

――そして、笑顔のままフリーズしました。

「……ノエリア、さま？」

いつも冷静で優しいカエサが、手にしていた鞄《かばん》をばさりと落としました。珍しいこともあるものです。

「き、筋骨隆々《きんこつりゅうりゅう》の男になってくるんじゃなかったんですか!?」

悲鳴のような声を上げるのは、リオサです。目を見開いて、両手を口に当てています。

「私もそのつもりだったのですが、鱗《うろこ》が魔法を弾いてしまったみたいなのです。お二人の虫除《むしょ》けのため、マッチョの男になるつもりだったのですが」

うーん、残念。私は改めて自分の手を見ました。鱗《うろこ》のない、白くて小さな手が目に映ります。

弱々しさ満点ですが、試しにテーブルの上にあったリンゴを握ってみたら、瞬殺《しゅんさつ》でした。うん、これならいけます！

「ノエリア様、それは虫除けどころじゃありません。誘蛾灯《ゆうがとう》ですよ」

カエサが頭に手を当てながら言います。

いえいえ大丈夫です。寄ってきた蛾《が》をちぎって投げる気は満々です。二人には、指一本触れさせません。

「筋骨隆々《きんこつりゅうりゅう》の男を想像していたのに、完全逆方向が来ましたね……！」

ごくり、と唾を呑み込んでリオサが言います。

「あ、それと、ですね」

私が次の言葉を言いかけた時、扉をノックする音が聞こえました。

あっ、扉の外で、ラトくんを待たせていたんでした。

「――ノエリア、準備はできたか？」

「すみません、今行きます！」

時間制限がある幻術ですものね。急がなくては。

目をぱちくりさせている二人に、私は笑って言いました。

「ラトくんが、護衛役で来てくれるそうです」


城下街は人で溢《あふ》れていました。賑《にぎ》やかで活気があり、いろいろなお店が呼び込みをしています。

舗装された道の両脇にはさまざまな屋台が出ていて、果物や食べ物、アクセサリーなどを売っていました。まるでお祭りのようです。

今は人の姿ですから、自由に買い物ができますね！　ビバ幻術！

私は外出用のローブのフードを手で上げて、後ろを振り返りました。

「楽しみですね、どこから行きますか？　いっぱいお買い物しましょうね！」

私の言葉に、カエサは戸惑いながらも微笑《ほほえ》みます。

「……ノエリア様の満面の笑みをはじめて見たような気がします。いえ、いつも見ているのですが……不思議な気分です」

一方、笑顔で周囲を見回しているのはリオサです。

「ノエリア様、服を買いにいきませんか？　せっかくそんな可愛らしいお姿をしているんですもの！　いろいろと着てみていただきたいですわ」

私は、ふと自分の服を見下ろしました。トカゲ世界で着ていた民族衣装は、しっぽがあるトカゲ族に向いた作りになっています。こちらの世界でも、似たような服を作ってもらっているのです。

あれ、そういえば、体が縮んだのに服はぶかぶかになっていません。

「ノエリア、服を買いに行くのはいいんだが……」

少し後ろを歩いていたラトくんは、困ったような表情を浮かべました。ラトくんはお忍びということで、黒をベースにした、比較的目立たない服装をしています。

「ノエリアごと服が縮んでいるみたいに見えるが、あくまでも幻覚だ。実際のサイズの服しか着ることはできないから気をつけてくれ」

うーん、なるほど。つまり調子に乗って小さいサイズの服を着ようとしたら、破けてしまうので

すね！　となるとやはり、私の身長からして女性用の服は着られなさそうです。

「もう少し早くそのお姿を知っていたら、ノエリア様に合わせた服を用意いたしましたのに……！」

残念そうにカエサが言うと、リオサも頷《うなず》きました。

「ぜひいろいろな服で着飾っていただきたかったです！　陛下、魔法でノエリア様の実際のサイズを縮められませんか!?　こう、ぎゅっと！」

「待ってくださいリオサ、圧縮されたら怖いですから！」

リオサがおむすびを潰すような仕草をしたので、私は必死に止めました。脳裏に、圧縮トカゲが浮かびます。多分それ、死んでますよね!?

ぶんぶん首を横に振ると、勢いでフードが落ちました。慌てて被り直そうとして、はたと気づきます。

ああ、そういえば、トカゲじゃないので顔が見えても大丈夫なのでした。

「ノエリアの体は、攻撃魔法をすべて跳ね返すからな。圧縮するのは無理だろう」

ラトくんはそう言って私の隣に来ると、落ちたフードをぱさりと被せてくれます。

人の姿なので顔を見せても問題ないのですが、条件反射のようなものなのでしょう。私は両手を握りしめて言いました。

「服を買えずとも大丈夫ですよ。買い物は、お店を見ているだけで楽しいですから。屋台の料理も食べたいですし、いろいろ見て回りましょうね！」

「はい、ノエリア様！」

私の言葉に、カエサもリオサもにっこりと笑顔になります。

「ラトくんも、今日は一緒に来てくれてありがとうございます」

今のところ、特に声をかけてくる人はいないので、ナンパの心配は杞憂《きゆう》でしたかね。

ラトくんに笑いかけると、彼は苦笑し、私のフードをさらに下げました。あの、前が見えなくなりそうなんですけど……！

「見えないところでどうしているか心配するより、一緒にいるほうがずっといいからな。……ただ」

買い物中にもできればフードを被っていてほしい、とラトくんに真顔で言われ、首を傾《かし》げながらも頷《うなず》いたのでした。


服屋さんを三軒、小物屋さんを二軒見て、私たちは少し休憩することにしました。大通りの端にある屋台の隣には、テーブルと椅子が置かれています。

「ラトくん、大丈夫ですか？」

カエサとリオサは、屋台に食べ物を買いに行きました。残った私たちは、テーブルについて一息つきます。

ぐったり気味のラトくんは、首を横に振りました。

「体力的には、全然疲れていない……だが、あれだ。三軒の服屋を二往復した意味は……なのに結局、何も買ってないのは何故《なぜ》なんだ……！」

「それはですね、一番気に入ったものを買うためです。ラトくん」

一軒目のお店で購入した後に、次のお店でもっと可愛くて気に入ったものを見つけてしまったらショックですからね。だからお店を何軒も巡って、目星を付けつつ、最終的に買うものを決めるのです。

「先ほど買わなかったのは、荷物が増えるとこの後、動きづらくなるからです。帰りにもう一度寄って、買っていくのですよ！」

「……また行くのか。わ、わかった」

ラトくんの笑みが少し引きつった気がしますが、女の子同士のお買い物をなめてもらっては困ります。一時間二時間はお手のものなのです。

……あ。

はたと気づいて、私は自分の両手を見ました。

小さな白い手に、緑色の鱗《うろこ》がぼやけて重なります。

外に出て、もう二時間以上経っていたようです。楽しすぎて忘れていました。

「ラトくん」

「あ……！　もうそんな時間か」

私の姿がぼやけて、トカゲの姿に重なりつつあることにラトくんも気づきました。

誰も驚かない姿でいろんなお店を見て回り、屋台で買い食いもしました。いつもとは違うひとときにわくわくし、とってもとっても楽しかったです。でも……

「お買い物、終了みたいです」

えへへ、と笑った私に、ラトくんはためらうように、口を開けたり閉《と》じたりして――

「――行くぞ、ノエリア」

ぐい、と私の手を引いて立ち上がりました。

「え？　ええ？」

ちょうどその時、こちらに向かって歩いてくるカエサとリオサが見えました。

「すぐ戻る。カエサとリオサは、ここにいてくれ」

ラトくんは二人にそう言って、私の手をぐいぐい引いて人混みに紛れていきます。驚いたような双子の顔がどんどん小さくなっていきました。

「ま、待ってください、ラトくん！　も、もうすぐ、幻術が切れるのでっ」

「わかってる」

「あまり街を騒がせて、しまうのもっ！　悪いですし、ラトくんっ」

「わかってるから」

彼に掴まれた右手はどんどん色を変え、緑になっていきます。私は左手でフードを深く被り直しました。

ラトくんは人通りの少ない道に入り、建物と建物の間に体を滑り込ませると、立ち止まりました。

私も同じように立ち止まります。

「どうしたんですか？　ラトくん」

ぱさりとフードを外すと、すでに全身がトカゲに戻っているらしく、両手は輝く緑の鱗《うろこ》に覆《おお》われていました。ラトくんは、その手を取って言います。

「もう一度、幻術をかけ直す」

「え⁉」

私は驚いて目を見開きました。そして、笑って首を振ります。

「大丈夫です、ラトくん。今日は本当に楽しかったので、もう充分ですよ。ラトくんのおかげです」

じっと私の顔を見て、ラトくんは首を横に振ります。

「ノエリアが本当にそう思っているなら、そんな顔はしない」

「……」

思わず両手で顔を押さえました。トカゲの顔だというのに、どんな顔をしていたのでしょう。というより、まさか顔に書いてあったのでしょうか。万能鱗《ばんのううろこ》に、「まだ帰りたくないなぁ」と文字で浮かんでいたとか？　怖い。

「人の姿より、その姿に慣れているから、わかる」

そう言って笑うと、ラトくんは私の両手を再び取りました。

「……ノエリアも、たまには我《わ》が儘《まま》を言ってくれ」

「でも、あの、そもそもこのお買い物も」

完全な我《わ》が儘《まま》だったのに。ラトくんに無理をお願いしてしまったのです。けれど、ラトくんは優しく笑ってくれます。

「周囲の者を驚かせず、女友達と買い物をしたい。それのどこが我《わ》が儘《まま》なんだ？」

ふわりと空気が揺れた気がして、思わず目を閉《と》じました。すると、一筋《ひとすじ》の風が体を吹き抜けていきます。

「……ラトくん」

瞼《まぶた》を開けると、私の目に白くて小さな手が映ります。

ラトくんが私を気遣ってくれたこと、私のために魔力を使ってくれたこと……それを申し訳ないと思うより、嬉しいと思ってしまう私がいます。

「ありがとう、ございます。ラトくん」

えへへ、と私が笑うと、ラトくんも同じくらい嬉しそうに笑います。

その後、戻ったらカエサたちがナンパされていたのですぐさま追い払いました。そして、幻術が切れるまで買い物を満喫することに。

なお、ラトくんは無の境地といった表情で、三回目の服屋さんにもついてきてくれました。なんかすみません。

◆◇◆

平和で穏やかな日々が、ゆっくりと過ぎていきます。

しばらく忙しかったようで、数日ぶりに私の部屋を訪れたラトくんに、カエサとリオサは、いそいそとお茶の用意をしてくれました。

ソファに身を沈め、小さくため息をついたラトくんの表情は、少し曇《くも》っているように見えます。

「ラトくん、どうしました？」

「え？」

「何か嫌なことでもありました？」

私の言葉に、彼は苦笑しました。

「……いや、少し悩ましいことがあってな」

私がじっと耳を傾《かたむ》けると、彼は続けます。

「……ガズス国と休戦して、もうすぐ半年。先月には内政も落ち着いたから、セントール周辺の国と会合する機会を順に作っていたんだ」

隣国ガズスは、セントールに戦を仕掛ける際、周辺国にも誘いをかけました。それを断りセントールに味方した国、中立を表明した国に、ラトくんは親書などを送って感謝の意を伝えたそうです。そして今回、改めて直接会う機会を作り、お礼をしたのだとか。

「その中に、エレディアという国があってな。セントールの北に位置する豊かな国だ。今回は中立を保っていたんだが、もし再度戦が起こった時には、ぜひセントールに味方したいと言ってきた」

「ふむふむ」

「エレディアの王には、息子が一人、娘が二人いる。妹君はすでに嫁《とつ》いだらしいが、姉君はなかなか嫁に行こうとしないらしい」

「ふむふむふむ」

ひとつため息をついて、ラトくんは続けます。

「姉君のカティ王女はとても美しい方で、理想が高いのだそうだ。エレディア国内の貴族は軒並《のきな》み お気に召さず、いっそセントールで誰かと縁を結べないか、との打診があった」

カティ王女は、現在二十三歳。本来ならとっくに嫁《とつ》いでいる年齢なのだそうです。

婚姻により縁ができれば、表立ってセントールに味方することもできるので、悪い話ではないだろう……先方はそう言っているのだとか。

「……それって、遠回しにラトくんに嫁《とつ》がせてくれって言ってません?」

首を傾《かし》げて尋ねると、ラトくんは慌てた様子で首を横に振ります。

「ち、違う! そもそも俺は妃《きさき》を取るつもりはない。セントールの王は世襲で選ばれるわけでないからな。戴冠《たいかん》時、公に宣言もしている!」

「ふむふむ、そうなんですか」

別にそんなに慌てなくても、と思いながら相槌《あいづち》を打つと、ラトくんは視線をさまよわせてから紅茶を一口飲みました。

「まあ、そんなわけで、エレディア国のカティ王女が先日セントールまで来てな。独身のトラド公爵に引き会わせたところ、彼女は彼を気に入ったらしく、とんとん拍子に話が進んだんだ。しかし、結婚に向けて秒読みとなったところで、トラド公爵がやらかした」

「やらかしたんですか」

すわ浮気かと思いきや、ラトくんは首を横に振りました。

「……カティ王女と馬車で城下街を抜ける時、ふと窓の外を見たら、隣の女性と笑い合う絶世の美少女がいたそうで。今まで見た誰よりも美しい。思わずそう呟《つぶや》いてしまったら、カティ王女が怒ってエレディアに帰ってしまったらしい」

「……」

私は天井を見上げた後、ゆっくりと視線を手元の紅茶に戻しました。なんでしょう、嫌な予感しかしません。

「それは、一週間ほど前のことだと聞いている」

私とラトくん、カエサとリオサが出かけたのも一週間ほど前です。

「民族衣装を着た少女で、双子らしき娘二人と護衛の青年とともに歩いていたと」

アウトー！　なんとなく予感はしていましたがアウトー！

私は頭を抱えました。

「……それで、どうなったんですか、ラトくん」

「まだ手を打っていない。俺も頭を抱えているところだ」

そう言って、ラトくんも苦笑します。

「公爵は、軽率だったと深く反省している。今もカティ王女との婚姻を望んでいるし、王女も本当は公爵との関係修復を望んでいるらしい。だが怒った手前、折れづらいようでな。『本当に誰よりも美しい少女なら納得するので、会わせてほしい』と言い張って聞かないそうだ」

「結婚前から、早くも犬も食わない系の喧嘩ですね」

思わず乾いた笑いを漏《も》らします。同じような表情のラトくんは、困ったように頷《うなず》きました。

「で、公爵はその少女を探しているそうなんだが、どうしても見つからないと、俺のところに相談に来たんだ」

うん、それはあれです。普段はトカゲな少女だからですね。王城にいるんですけどね。

「来週エレディア国の建国記念がある。エレディアの王は、どうかその時にトレド公爵を連れてきて、二人の仲を取り持ってほしいと言っている。カティ王女も短慮ではあるが、原因はトレド公爵でもあるし、どうしたものかと」

私は呆《あき》れた顔をしてから、ラトくんを睨《にら》みました。

「もう、ラトくん水くさいですよ。言ってくれればいいじゃないですか。この前は、私のお願いを聞いてもらったんですし、今度は私がお願いを聞く番でしょう？　カティ王女に会えばいいだけなら、構いませんよ」

喧嘩のきっかけは私なようですし。そう言うと、ラトくんは困った顔をしました。

「そうは言うが、ノエリア。カティ王女は今、北のエレディア国にいて……」

「大丈夫ですよ。エレディア国だろうがガズス国だろうが、どこでも行きます！」

「……すごく寒い国なんだ」

「……」

また冬眠してしまったらどうしよう。そう思いながら、「ト、トカゲに二言はないですから！」と主張し、私とラトくん、トレド公爵は、揃ってエレディア国へ行くことになったのでした。

エレディア国へ向かう馬車に乗る前に、トレド公爵が謝罪に来ました。私はローブを深く被り、顔を見せないようにしています。三時間しか効果のない幻術なので、着くまではまだトカゲなのです。

「陛下、並びに名も知らぬあなたにご迷惑をおかけして、申し訳ございません」

三十代後半に見えるトレド公爵は、品の良い顔立ちをした、柔和な男の人でした。恐縮したように身を縮める彼に、ラトくんは悪戯《いたずら》っぽく笑います。

「交際中、他の女性に目を向けるべきではないとよくわかっただろう、トレド公爵」

「ち、違うのです。あまりにカティ王女がお美しく、褒《ほ》め言葉を伝えたかったのです。しかし視線を合わせられず、馬車の外を見て呟《つぶや》いたら、このようなことになったのです！」

「それを本人に伝えることだな。謝罪に向かい、それでもカティ王女に許してもらえなかったらどうする？」

ぐっと言葉に詰まった後、トレド公爵は言いました。

「……許してもらえるまでエレディア国に通う許可を、ぜひとも陛下にいただきたく！」

すると、ついにラトくんは笑い出しました。

「それほどならば仕方ない。意を汲《く》もう。必死で口説《くど》き落とすように」

「はっ！　陛下、ありがとうございます！」

トレド公爵は、少しだけ頬を赤くします。

「……カティ王女はとても気高く、そして寂《さび》しがりなお方なのです。私がお傍《そば》にいなければ……」

トレド公爵の言葉に、私も笑みを浮かべたのでした。


ラトくんと二人、馬車に乗り込みました。ラトくんは、私の隣に腰を下ろします。

トレド公爵は、公爵家の馬車でエレディア国に向かうのだそうです。

王家の馬車の周囲を囲むのは、近衛兵のみなさん。ですが、ダグさんの姿が見えません。私はローブのフードを外して、ラトくんに尋ねます。

「ところでラトくん、ダグさんは？」

「全力をもって、セントール王城に押し込めてきた」

きっぱりと彼は言いました。押し込めなければいけない何かがあったのでしょうか。首を傾《かし》げつつも、私は頷《うなず》きます。

「とりあえず、私はどのようにすれば？」

トカゲであることは内緒にする方向で行こうと思っています。

ばれたらばれたで仕方ないのですが、誤解とはいえ意中の男性がトカゲに目を奪われたと王女が知ったら……できるだけばれないようにしたほうが良さそうです。

ラトくんはゆったりと座席に背を預け、考え込むように目を閉《と》じました。

「エレディア国に着いたら、幻術をかける。そのままカティ王女に会いに行こう。ノエリアのことは俺の大事な人だと伝えてある。もし出自や家名を聞かれても、笑みを作るだけで大丈夫だ」

「ふむふむ。では、名前は？　ラトくんのことはなんと呼べばいいでしょう？」

「そのままでも別に構わないが……陛下でもユーリでも、ノエリアの好きなほうで呼ぶといい」

ラトくんだと、ばればれですものね。とりあえず別の呼び名にしておいたほうが無難です。

「じゃあ、陛下かユーリ様って呼びますね」

どっちがいいのでしょうか。陛下、ユーリ様。……うーん、でも。

私が二択で迷っていると、ラトくんはひどく複雑そうな顔をしました。

「……ノエリアにそう呼ばれると、違和感が半端ないな」

「実を言うと、私も同じことを思っていました」

私達は顔を見合わせて、クスクスと笑い合ったのでした。


「さ、寒い!!」

馬車の扉を開けた瞬間、冷気が這《は》い寄ってきました。

そう、エレディア国に到着したのです。

エレディア国は豊かな鉱山資源に支えられた国らしく、国境から王都まで整備された街道が続いていました。街道を行き交う人の姿は皆明るく、活気があります。

やがて馬車は城に到着し、さっそく降りようと扉を開けたのですが……これです。寒い。

思わず馬車に戻ろうとしていると、心配そうなラトくんが大きな上着を貸してくれました。

「平気か？　ノエリア」

「だだ大丈夫ですよ！　冬眠しませんからね！」

見た目は小柄な美少女となった私。ラトくんから上着を受け取ると、瞬時に上着が小さくなりました。うーん、マジック。

「もっこもこに服を着てきたんですけどねぇ」

上着に袖《そで》を通して手のひらを見ると、以前と変わらぬ白さです。

公爵家の馬車から降りたトレド公爵が、こちらに近づいてきました。

私がぺこりと頭を下げると、慌てたようにトレド公爵も頭を下げます。驚いたように、息を呑む音が聞こえました。

ふと視線を感じた気がして、城のほうを見上げます。けれど、高くそびえる城のどこから視線を感じたのかまではわかりません。


城内に入った私たちは、さっそく王女のもとへ案内されました。城の中は暖かかったので、私はラトくんに上着を返します。そして、ある部屋に通されたのですが、そこには少しきつめな顔立ちをした美人さんが立っていました。

美人さんは私を見て、表情をさっと曇《くも》らせます。

「久しぶりだな、カティ王女」

「お久しゅうございます、セントール国王陛下……あの、そちらの方が」

「ああ、俺の友であり、大事な人だ。ノエリア」

「お初にお目にかかります、ノエリアです」

私がぺこりと頭を下げると、彼女は少し顔を伏せ、震える唇を噛《か》みしめました。何かをこらえているみたいに、ぷるぷると拳《こぶし》を震わせています。心配になって見つめていたのですが、やがてキッと顔を上げました。

「……方向性が違いすぎて、ずるいですわ!!」

「……はい？」

私がぽかんとしていると、カティ王女はさらに叫びました。

「可愛らしい方がお好みであれば、そう言ってくだされば！　努力いたしますのに！」

「あのぅ、カティ王女」

「じい！　ゆるふわ系の髪型にして!!　ドレスも可愛いものに変えますわ！」

「あのぅ、カティ王女」

「トレド公爵が見惚《みと》れてくださるなら！　大人可愛いを目指しますから！」

「……」

私は黙ってラトくんを見上げました。彼は私と視線を合わせると、黙って首を横に振ります。

「……思うに、彼女はちょっと暴走型ではないでしょうか」

「……俺も、こんなカティ王女をはじめて見た。このままノエリアを連れて帰ろうか、真面目に検討している」

数分後、正気に戻ったカティ王女は、恥ずかしさのあまりスライディング土下座をしそうな勢いで謝ってきました。宥《なだ》めるのにそこからかなりの時間がかかったことは、言うまでもありません。

「……お恥ずかしい限りで」

顔を赤くしながら、カティ王女は眉を下げました。そして豪華なソファに腰かけ、顔を覆《おお》います。

「あまりに可愛らしいお姿を見て、少々暴走してしまいました。セントール国王陛下の大事な方になんて失礼を。お許しくださいまし」

少々、という言葉にダウトしていいか迷いましたが、強気な外見とは裏腹に、彼女はしょんぼりしています。私は反対側のソファに座って王女を慰《なぐさ》めました。

「大丈夫ですよ。それより、トレド公爵をそこまでお好きなのに、何故《なぜ》、素直に気持ちをお伝えしないのですか？」

「……男性というものは、やはり可愛い娘が好きなのかという嫌な記憶がありまして」

眉間に皺《しわ》を寄せて、彼女は何かを思い出しているようでした。私は首を傾《かし》げます。

「それも一緒に伝えてみたらどうでしょうか。口にしなければ、伝わらないと思いますよ」

「……どのようにお伝えしたらいいのか、わからないのです。ノエリア様は、どのようにして陛下に好意をお伝えになっているのですか？」

「へ？」

なお、ラトくんはカティ王女が正気に戻った後、「ちょっと行ってくる」と部屋を出ていきました。侍女も下がっている今、ここには私とカティ王女の二人きりです。

「伝えると言っても……うーん。ラトく……ユーリ様のことが命よりも大事です、とか？」

「まぁ……なんて素敵な言葉」

「ユーリ様を守るためなら、雄《おす》になってもいいとか？」

「……」

まずいことを聞いてしまったという顔で、カティ王女は視線を逸《そ》らしました。そして震える手を握りしめ、きつく唇を噛《か》みしめます。

「私……私には覚悟が足りませんでした」

自分自身に言い聞かせるように、彼女は言いました。

「すべてを受け入れる覚悟が、足りなかったのです！　ノエリア様ほど美しくても、そこまでの覚悟をお持ちだったとは……！　私は、まだまだでした。ええ、トレド公爵に男になれと言われれば、私だって受け入れますとも！」

「やめてくれ、人聞きの悪い!!　そんな趣味はない！」

「同じくだ、ノエリア！　何を言っている！」

扉を開き、慌てたように会話に割って入る二人の男の人がいました。柔和な顔をした男性トレド公爵と、ラトくんです。二人とも青い顔をしていました。どうやらラトくんは、トレド公爵を呼んできたようです。

トレド公爵を見て、カティ王女はハッと下を向きました。

「トレド公爵……!!」

「カティ王女、そんなことをしなくても、君は僕の理想だ！　愛している！」

「そんな……ノエリア様のように可愛らしい方がお好みだったのでは……」

「いいや、僕の目には君が眩《まぶ》しすぎて、視線を逸《そ》らしてしまっただけなんだ。すまない、カティ王女！」

「トレド公爵……！　私こそ、出会った時からあなたのことを……」

手と手を取り合って盛り上がる二人を横目に、私はソファに正座をしていました。

そう、怒り顔のラトくんに、懇々《こんこん》と叱《しか》られているのです。頑張って恋のキューピッド役をこなしたつもりでしたのに。

「ノエリア、言葉の選択を間違えないでくれ！」

「すみません、ラトくん。カティ王女を慰《なぐさ》めようと、つい……」

ノリと勢いで、という言葉は口にせず言い訳する私を、ラトくんはじろりと睨《にら》みました。

「カティ王女を慰《なぐさ》めようという優しさの半分くらいは、俺にも回してほしい！」

「半分も何も、全部ラトくんのものですよ。私の持っているものは全部」

「……」

ラトくんはぱたりと黙り込み、しばらくして、「……言葉の選択は慎重に」と再度言います。

一方、盛り上がっていたはずのトレド公爵とカティ王女は、何故《なぜ》か生温かい微笑《ほほえ》みでこちらを見ていたのでした。

「それでラトくん、つまり……」

「ああ、トレド公爵とカテイ王女は、正式に婚約の運びとなった」

「なるほどなるほど」

おめでたいことです。わざわざエレディア国に来た甲斐《かい》があったというものです。

建国記念のパーティーは、あっという間に婚約記念のお祝いの宴《うたげ》となりました。一度部屋に戻ってラトくんに幻術をかけ直してもらい、私もお祝いの席についています。

広いホールは人に溢《あふ》れ、中央ではカティ王女とトレド公爵が、にこにこ笑顔で賓客《ひんきゃく》のみなさんに挨拶《あいさつ》をしていました。

エレディア国王も、諸手《もろて》をあげて大喜びしているようです。

「セントール国王陛下！　感謝する、よく我《わ》が娘の婚約を成し遂げてくださった！」

老齢の王が目尻を下げて、ラトくんに話しかけてきました。

「いえ、心よりお祝い申し上げます」

「エレディア国は今後、我《わ》が娘の嫁《とつ》ぎ先セントールに親愛を捧げよう！」

花火でも打ち上げそうな勢いのエレディア国王です。話の区切りがついたところを見計らって、私はちょんちょんとラトくんの袖《そで》を引っ張りました。目を少しこすります。

「ノエリア？」

「すみません、ちょっと寒くて眠くて、部屋に戻っていてもいいでしょうか？」

驚いた様子で、ラトくんは私の頬に手を当てました。手袋越しに鱗《うろこ》の感触が伝わったでしょうが、ラトくんは気にした様子もなく、心配そうに言いました。

「大丈夫か、眠りに落ちそうか？」

「いえ、そこまででもないので、ちょっと眠れば、ちゃんと目が覚めるかと」

冬眠するほどの寒さではありません。少し眠った後には、適応できそうな感じです。

「部屋まで送る、ノエリア」

「大丈夫です、一人で戻れますよ」

「だが」

ふらふらというほどでもないですからね。私にあてがわれた客間はこのホールからも近いので、場所もしっかり覚えています。ラトくんが再度エレディア国王に話しかけられたのを機に、私はそっとその場を離れました。


背後から、賑《にぎ》やかな宴のざわめきが聞こえます。

ホールを出て、目をこすりながら廊下を足早に歩いていると、靴音が近づいてきて、急に片手を引っ張られました。

「君……っどわぁ⁉」

「……？」

そのまま数歩進んでから止まり、振り返ったところ、廊下に転がっている男性が目に入りました。

「大丈夫ですか？」

「だっ……大丈夫だとも！」

声をかけると、彼は慌てて立ち上がりました。ぱんぱんと体から埃《ほこり》をはたき落とし、ぴしっと服を整えます。

「どうしたんだ。泣いているのかい？」

「へ？」

目をこすりながら歩いていたので、勘違いされたのでしょうか。私は首を横に振りました。

「あ、いえいえ、違います！」

「隠さなくていいんだよ。辛かったんだろう？　カティ王女のようなじゃじゃ馬ですら嫁《とつ》ぐというのに、君のような美少女が日陰の身だなんて」

立て板に水の勢いで青年は喋《しゃべ》り続け、私の肩を抱こうとしてきました。

肩なら、服の上から触った程度で鱗《うろこ》の感触まではわからないでしょう。けれど何か嫌な予感がして、念のためするりとよけました。どうやら彼は、何か誤解をしているようです。

「あの、本当に違うんです。私は眠くて」

「うんうん、わかっている。泣き寝入りをする必要なんてないんだよ。君に必要なのは、君を包む一晩の愛なんだ。セントールのような巨大な国に、君は囚《とら》われているんだね。可哀想に」

「何を言っているのかわからないので、そろそろ殴っていいですか？」

眠気と嫌な予感にイラッとして睨《にら》むと、彼は手を広げました。

「ああ、もちろんだ。怒りを受け止めてあげるよ、さぁ！」

拳《こぶし》を握りかけましたが、死人が出そうなので自重しました。眠くて眠くて、手加減できそうにないのです。

「やっぱり結構です。では」

くるっと踵《きびす》を返して再び客室に向かうと、彼は懲《こ》りもせずに私の手を引こうとします。しかし私は彼をガン無視し、手首を掴まれた状態で歩き出しました。

「ちょっと待っ、うわあああああ」

小柄な私にずるずる引きずられているのが信じられないのか、彼は慌てて私の手を離し、呆然とその場に座り込みました。そして私は、小走りで客間へと向かったのでした。


「あ……ふ」

大きな欠伸《あくび》をして、私は客間の扉を開けます。

眠い。冬眠ってほどではないですが、寒さには弱いのです。

カエサやリオサについてきてもらえば良かったかもしれません。

温かい紅茶でも飲んだらちょっとはマシになりそうな気もしましたが、ここまで眠くなっては、効かないかもしれませんね。

私は、倒れ込むようにベッドに沈みます。

ガチャリ。

その時、きちんと鍵をかけたはずの扉が開きました。

きょとんとして目を向けると、現れたのは先ほどの青年でした。満面の笑みを浮かべて、私に向かって手を広げます。

「檻《おり》に囚《とら》われた姫を、助けに来たんだ」

「鍵……」

「ああ、これのことかい？」

彼は懐《ふところ》から鍵の束を取り出し、掲げて見せました。そして扉のノブに手を伸ばし、鍵穴に鍵を差し込んで……ガチャン、と鍵の締まる音が響きました。

「さぁ、これで大丈夫。宴はまだまだ続くし、セントールの王は入れないから安心していいよ」

「よくわからないんですけど、不法侵入者のあなたは、何故《なぜ》鍵を持っているんでしょう？」

私はベッドから起き上がり、青年を睨《にら》みつけました。

「何故《なぜ》というのは心外だね。本来、この城の主は僕になるはずだったんだ。鍵だって、持っていて当然だろう」

「……主？」

もしやエレディア国の王子様？　首を傾《かし》げると、彼は堂々と言い放ちました。

「そう、僕はハワード。シモンズ公爵家の次男にして、カティ王女の最初の婚約者さ！」

「……」

違いました。そしてまた、何を言っているんだか良くわかりません。ぽかんと彼を見る私に、ハワードは滔々《とうとう》と語り出しました。

「王女は僕に嫁《とつ》ぐはずだったのに、断固として嫌だと言い張り続け、ついに婚約は解消させられてしまった……。僕は公爵家の嫡男ではないから、家督を継ぐ必要もない。カティ王女の婿《むこ》となり、いずれはこの城の主になるはずだったのに、彼女は僕のことを信用ならないとか抜かしやがって」

「そりゃ、カティ王女も不法侵入するような人は嫌だと思います。それに、いずれこの城の主となるのは王子様では？」

「王女を何度説得しても駄目で、ついにこのざまだ。カティ王女は、隣国の貴族に奪われてしまった。はは……哀《あわ》れだろう？」

「はぁ、頭の中身のほうが」

まったく人の話を聞いていない彼に、私は頷《うなず》きました。すると、彼はゆっくり近寄ってきます。

「この傷ついた心は、もう癒《いや》されないと思った。だが僕は見つけたんだ、天使を」

「臨死体験をしたいというリクエストでしょうか？」

うっかり彼を三途《さんず》の川に送り出してしまっても許されるだろう、と私は立ち上がり、ベッドの側に置かれていた椅子を持ち上げます。黒鉄を持ってくるべきでした。いやでも、黒鉄で殴ったら確実に死にそうですね。

「暴れないでほしい。君を傷つけたくないんだよ。ああ、僕は一目で恋に落ちたんだ」

ハワードは、腰の剣を抜きました。

「私は、一目で嫌いになりましたけどね」

人の話を聞かずに突っ走るところといい、件《くだん》のストーカーが脳裏に浮かびます。トカゲ世界の嫌な記憶が蘇《よみがえ》り、思わず顔をしかめていると、彼は距離を縮めてきました。

「愛と憎しみは紙一重と言うからね。相思相愛のようなものだろう？　さあ、大人しくするんだ！」

彼は剣を振り上げ、私が手にしていた椅子に振り下ろしました。私は剣先を椅子で受け止めて……うん？　別に、椅子で受け止める必要ないじゃないですか。

眠くて頭が働かなかったようです。私は椅子を放り投げ、素手で彼の剣を掴みました。

「き、君！　危ないからやめたまえ！」

何やらほざく男の前で、刃の部分を思いっ切り握りしめます。バキバキという音がして、剣が折れました。彼はぽかんと口を開けて、折れた剣を見つめます。

「もう一度聞きますけど、死にたいですか？」

静かに尋ねた私に、彼の顔はどんどん青くなり、やがて「ひぃぃ!!」と逃げ出しました。

ところが、扉は鍵がかかっています。自分でやったというのに、彼は扉の前で立ち往生《おうじょう》。慌てて鍵束を取り出しましたが、落として蹴って鏡台の下に入ってしまいました。どじっ子ですか。うん、可愛くないです。

「た、助けてー！　助けてくれー！」

どんどんと扉を叩きはじめるハワードです。早く出ていってほしいので、私はずかずかと扉に近づきます。「ひぃ！」と悲鳴を上げる彼を無視して、扉に手を当て、力一杯押しました。

バキッ！

鍵が壊れたようで、扉が開きました。もはや声もなく震えているハワードに、私は廊下を指差します。

「開きましたよ。さっさと出ていってください」

「ひ……ば、化け物!!」

脱兎《だっと》のごとく彼は走っていきました。

あふ、と大きな欠伸《あくび》をした私は、扉を閉め直し、ベッドに潜《もぐ》り込みます。

そして、すぐに深い眠りへと引き込まれていったのでした。


ふと、柔らかな感触に意識が浮上しました。

温かい何かが私の手を包んでいます。嫌な気持ちはしません。むしろ眠りを促《うなが》すような心地よさに、幸せを感じます。

「ノエリア」

深い慈《いつく》しみの込められた声が、私の名を呼びます。

むにゃ、と返事のようなものをすると、その声の持ち主は小さな声で笑いました。

「変な奴に絡まれたみたいで、すまない。やはり人間の姿だと、心配でならないな」

ベッドの脇に座っているその人は、苦笑します。

「ハワードは捕まったよ。自分のしたことを棚に上げて、化け物がいたと大騒ぎしてたな。カティ王女が大激怒していたよ。よくもあんなにか弱くて可愛らしい子に手を出そうとしてくれたな、と」

まだ眠くて、うつらうつらしながら話を聞きます。か弱い、うん。か弱い。

「カティ王女がエレディア国の貴族との婚姻をすべて拒否したのも、女性にだらしないハワードがきっかけだったらしい。あれは、ひどい。勝手に客間の鍵を盗んだみたいだし、厳罰は免《まぬか》れないだろう」

その人は、クスクスと笑います。

「……起きたらお詫《わ》びをしたい、とカティ王女からの伝言だ。ショックで眠りについていると思っているらしい。あなたを案じて、今にも泣きそうだったよ。ノエリア、早く起きてくれ」

鋭意努力して検討させてもらいます、というかわりにむにゃむにゃ返事をすると、声の主は呟《つぶや》きました。

「俺もあなたが眠っていると、寂《さび》しい」

うっすらと目を開けると、誰かが私のベッド脇にいるようでした。その人は、続けてぼやくように言いました。

「……けれど、何故《なぜ》だろうな。人間の姿のあなたより、トカゲの姿のあなたのほうが落ち着く気がする。あまりに美少女すぎて落ち着かないのもあるし、変なやつらが群《むら》がるのも嫌だし。……末期かな」

「……むにゃ、末期ですよ……」

「っ！」

次の瞬間、私の返事に彼は腹を抱えるようにして笑い転げました。そして私の手を再び握り、囁《ささや》きます。

「起きるまで傍《そば》にいるから早く帰ろう、ノエリア。セントール……俺たちの国に」

私は、目覚めるのに三日ほどかかったようです。

起きた瞬間目に入ったのは、枕元で「ごめんなさいぃぃぃぃ！」と泣き伏すカティ王女の姿でした。しまったトカゲ姿、と思いきや、ラトくんがすでに幻術をかけてくれていたみたいです。ベッド脇に座っていたラトくんは、笑っています。

「あの男は、身分剥奪《はくだつ》の上、牢に送りました！　ご安心くださいね！　ノエリア様！」

「あの男……？」

ぽかんとする私を見て、カティ王女はぶんぶんと首を横に振りました。

「いいえ、いいんです、忘れてください！」

あの男って誰でしょう。眠りに落ちる前後の記憶がちょっと曖昧《あいまい》です。

首を傾《かし》げる私に、ラトくんも「別に忘れてて大丈夫だ」と言うので、まぁいいかと頷《うなず》きました。

翌日、お見送りにきたカティ王女とトレド公爵に手を振って、私とラトくんは一足先にセントールへ帰ることとなりました。カティ王女は降嫁の準備があるようで、もうしばらくエレディア国に残るそうです。

「無事まとまって、良かったですねぇ」

馬車の中には私とラトくんしかいないので、さっさとフードを下ろして体を伸ばします。見慣れた緑の鱗《うろこ》が、外から差し込む太陽の光に輝きました。この姿じゃ無理でしょうが、またラトくんに幻術をかけてもらえた時、お二人に会えたらいいなぁと思います。

「ああ。二人は、仲の良い夫婦になりそうだな」

ラトくんは、微笑《ほほえ》んで相槌《あいづち》を打ちました。

そういえば……私は、帰り際にカティ王女から聞いた話を思い出します。馬車に乗り込む前に、彼女が私の耳元で囁《ささや》いたのです。

「セントール国王陛下は、あなたのことをとても愛してらっしゃるのですね」

へ？　と首を傾《かし》げた私に、彼女は言いました。

「あの馬鹿男があなたのことを化け物と叫び、わかっていて傍《そば》に置いているのかと聞いた時、陛下はおっしゃったのです。『誰がなんと言おうと関係ない。俺は彼女が好きで、世界中の何よりも大事で、たとえ自分の存在が消えたとしても、彼女とともにいたいと思っている』と」

なんとも嬉しい言葉で、くすぐったい感じがします。愛というと、ちょっと違うような気もしますが。

なんとも言えない気持ちで頬を緩める私に、カティ王女は微笑《ほほえ》みかけました。

「私も、あなたたちみたいに信頼し合える夫婦になりたいと思っています。またぜひ、セントールでお会いしましょう！」

にこにこ思い出し笑いをする私に、ラトくんが問いかけました。

「どうしたノエリア、嬉しそうだな」

「えっと、カティ王女が、信頼し合える夫婦になりたいと言っていたのを思い出して」

「ふむ」

「私とラトくんみたいに」

「……なるほど。確かに」

クスクスとラトくんも笑います。

「健《すこ》やかな時も、病《や》める時も、命ある限り、俺はあなたと信頼し合える関係でありたいと思っているからな」

まるでプロポーズみたいですねぇ、と呟《つぶや》けば、ラトくんが悪戯《いたずら》っぽく笑いました。

「それに近いな。ノエリア、あなたは俺と一生をともにしてくれるか？」

そんな当たり前のことを、と私も笑います。

「どんな場所にいても、どんな世界にいても、ラトくんが一緒にいてくれるなら、私は幸せですよ」

「俺もだ、ノエリア」

そして私たちを乗せた馬車はゆっくりとセントールへ向かい、轍《わだち》の跡を静かに残していったのでした。

RC
Regina COMICS
アルファポリスWebサイトにて
好評連載中！
原作 ふじま美耶
MIYA FUJIMA
漫画 村上ゆいち
YUICHI MURAKAMI
異世界で『黒の癒し手』って呼ばれています ①
好評発売中！
待望のコミカライズ！
ある日突然、異世界トリップしてしまった神崎美鈴《かんざきみすず》、22歳。着いた先は、王子や騎士、魔獣までいるファンタジー世界。ステイタス画面は見えるし、魔法も使えるしで、なんだかRPGっぽい!?　オタクとして培《つちか》ったゲームの知識を駆使して、魔法世界にちゃっかり順応したら、いつの間にか「黒の癒し手」って呼ばれるようになっちゃって…!?
シリーズ累計
12万部突破！
＊B6判　＊定価：本体680円＋税
＊ISBN978-4-434-21063-1
原作 ふじま美耶
漫画 村上ゆ
異世界で『黒の癒し手』って呼ばれています ①
異世界を
ゲームの知識で
生き抜きます！
アルファポリス
アルファポリス 漫画
検索

**かなん**
2003年からWebで執筆活動を始める。2014年、「好感度が上がらない」にて出版デビューに至る。
HP「RIPPLE」
http://ripple.parfe.jp/

**イラスト：吉良悠**

本書は、「小説家になろう」（http://syosetu.com/）に掲載されていたものを、
改稿・加筆のうえ書籍化したものです。

トカゲなわたし

かなん

2015年 11月 5日初版発行

編集－宮田可南子
編集長－塙綾子
発行者－梶本雄介
発行所－株式会社アルファポリス
〒150-6005東京都渋谷区恵比寿4-20-3恵比寿ガーデンプレイスタワー5階
TEL 03-6277-1601（営業） 03-6277-1602（編集）
URL http://www.alphapolis.co.jp/
発売元－株式会社星雲社
〒112-0012東京都文京区大塚3-21-10
TEL 03-3947-1021
装丁・本文イラスト－吉良悠
装丁デザイン－ansyyqdesign
印刷－中央精版印刷株式会社

価格はカバーに表示されてあります。
落丁乱丁の場合はアルファポリスまでご連絡ください。
送料は小社負担でお取り替えします。

ISBN978-4-434-21217-8 C0093